POÉSIES RELIGIEUSES,

DÉDIÉES AU ROI,

PAR

Mᵐᵉ HORTENSE DE CÉRÉ-BARBÉ.

Cantate Domino, quoniam
magnificè fecit.
ISAÏÆ, c. XII.

PARIS,

CHEZ NEPVEU, LIBRAIRE,

PASSAGE DES PANORAMAS.

1824

POÉSIES RELIGIEUSES.

AU ROI.

SIRE,

Descendant de saint Louis et de Henri IV, qui chérirent la religion et les lettres ; digne successeur de FRANÇOIS Iᵉʳ et de LOUIS-LE-GRAND, dont deux siècles ont pris et conservé le nom ; chef auguste de la plus ancienne famille Européenne des Rois chrétiens, Votre Majesté a daigné permettre que mes POÉSIES RELIGIEUSES parussent sous ses auspices.

Le suffrage des Rois fut toujours un honneur ambitionné; le vôtre, Sire, seroit pour un écrivain un titre littéraire. Pénétrée de reconnoissance de la haute faveur que j'obtiens de votre bonté, je la reçois comme la plus honorable récompense de mon zèle et de mes travaux.

Je suis avec le plus profond respect,

SIRE ,

De Votre Majesté,

La très-humble et très-obéissante servante et sujette,

HORTENSE DE CÉRÉ-BARBÉ.

PRÉFACE.

Sɪ ces vers religieux sont accueillis avec intérêt, je le devrai plutôt aux sentimens qu'ils expriment, qu'à leur propre mérite. Pour bien peindre une Religion, humble, parce qu'elle est grande ; douce et miséricordieuse, parce qu'elle est adaptée à tous les besoins du cœur ; sublime, parce que c'est la pensée de Dɪᴇᴜ, il faudroit une plume plus éloquente et mieux inspirée que la mienne. Mais si le juste peut y trouver un pieux délassement, le foible une espérance, et le malheur une consolation, mon but sera rempli. Comme je n'ai point ambitionné la gloire, la critique ne pourra me troubler. On ne sauroit être bien pénétré des vérités de la Religion chrétienne, sans avoir pratiqué l'humilité qui est le cachet du christianisme.

POÉSIES RELIGIEUSES.

LA FOI.

Est autem fides sperandarum substantia
rerum, argumentum non apparentium.

S. Paul., *ad Heb.*, *cap. XI*.

La foi, rayon du ciel, que la Grâce colore,
Resplendit de l'éclat de la Divinité :
Sa lumière introduit, dans l'âme qui s'ignore,
Le Dieu qui la destine à l'immortalité.
Elle apparoît au cœur, comme un saint météore,
Pour dévoiler à l'homme un sort mystérieux :
C'est, du jour éternel, la prophétique aurore,
Qui passe dans notre âme et se perd dans les cieux.

~~~~~~

LE CONFESSIONNAL.

> Qui abscondit scelera sua non dirigetur;
> qui autem confessus fuerit misericordiam
> consequetur.
>
> PROV., *cap. XV.*

REFUGE du pécheur, pieux et saint asile,

D'où jamais ne s'exhale un regret inutile,

Dans ton enceinte obscure entre la vérité.

Ton étroite limite atteint l'éternité;

Toi seul fais découler, dans un si foible espace,

Des sources de la foi le torrent de la Grâce;

Et ton nuage épais dérobe à tous les yeux

Le tombeau du péché que referment les cieux.

Ici le criminel se dépouille du crime,

Et l'orgueil qui s'immole est la seule victime.

Ici tout est divin, tout est mystérieux,

Et l'abaissement même est grand et glorieux!

Le mortel, qui régit ce tribunal auguste,

Y revêt le pécheur de la robe du juste,

Et, du temple secret, par lui seul fréquenté,

Semble être le pontife et la divinité.

Son aspect consolant allège la souffrance;

Son céleste regard éveille l'espérance;

Toujours, près de l'autel, solitaire, il attend

Les remords du chrétien, les pleurs du pénitent.

Viens, pécheur!.... ne crains pas, dévoilant ta foiblesse,

Que d'un reproche amer il t'afflige ou te blesse :

Semblable à l'Homme-Dieu, sa constante douceur

Dans le plus noir forfait ne sent que ton malheur;

Contraint d'examiner la faute qu'il pardonne,

Sa pudeur, en secret, d'un voile t'environne.

Ici l'esprit ignore et le cœur seul entend,

L'oreille inattentive oublie en écoutant;

C'est l'occulte entretien d'une âme avec une âme :

L'une offre le salut, et l'autre le réclame.

Mais celle du pécheur, dans son recueillement,

Semble assister d'avance au dernier jugement.

O de l'humilité merveilleuse puissance

Qui, du sein du péché, fait jaillir l'innocence!

O d'un foible mortel quel immense pouvoir !
(Celui qui le donna put seul le concevoir).
Un prêtre, du Seigneur enchaîne le tonnerre ;
Entre le ciel et l'homme il termine la guerre ;
Arbitre souverain, son arrêt solennel
Casse un premier arrêt rendu par l'Éternel.
Le Sauveur lui transmet sa clémence suprême :
Le péché qu'il délie est absous par Dieu même ;
Au signe de la croix, que sa main a tracé,
Du registre des cieux le crime est effacé.

Qui dira les bienfaits de ce saint ministère,
Et le repos qu'un prêtre affermit sur la terre ?
Ces enfants égarés que leur père a bénis ;
Dans leurs chastes amours des époux réunis ;
Une fille rendue à l'austère sagesse ;
Ce jeune homme abjurant sa coupable tendresse ;
Le triste débiteur qui revoit la clarté ;
Par le riche indolent le pauvre visité ;
Le bien qu'on restitue et les dons qu'on accorde ;
Les cachots dépeuplés par la miséricorde ;
Cet avare, épuisant son antique trésor,
Qui court aux malheureux distribuer son or ;

Ces mortels, dégagés des entraves du vice;

Un criminel, sans crainte à l'aspect du supplice;

Le chrétien qui, du ciel découvrant la lueur,

Aspire, au lit de mort, le suprême bonheur;

Tout montre, en révélant sa sagesse profonde,

Que la religion tient le sceptre du monde.

LA MORT DU JUSTE.

Justorum animæ in manus Dei
sunt; et non tanget illos tormentum
mortis.

SAP., *cap. III.*

Quand le temps va fermer le cercle de la vie,

Qu'à son divin banquet le Seigneur nous convie,

Sur ce lit funéraire où s'élève un autel,

Vois l'immortalité dans le sein d'un mortel,

Profane !.... Si la vie est ta frivole étude,

Viens contempler la mort dans sa béatitude.

Détourne ton regard sur la terre arrêté,

Vois le chrétien tout seul devant l'éternité !

Sa bouche a savouré cette manne angélique ;

Sa chair a tressailli sous cette huile mystique,

Qui, consacrant des corps les destins glorieux,
Atteste que la terre en rendra compte aux cieux.

Le juste a remporté sa dernière victoire :
Déjà, du fils de l'homme il entrevoit la gloire :
Déjà, le jour, pour lui, jette un douteux rayon,
Et son cœur, de la mort cherche en vain l'aiguillon.
S'il semble compatir à la douleur profonde
De ces objets si chers qu'il abandonne au monde,
Son œil, qui s'est levé, plus fervent et plus doux,
Assigne vers le ciel un dernier rendez-vous.
Mais, prête à s'élancer vers sa source première,
L'âme, qui s'affranchit, repoussant la matière,
Semble encore hésiter, dans son pieux effort,
Sur l'invisible point de la vie à la mort.

Le prêtre, du trépas, a commencé l'antienne :
« Le Seigneur, par ma voix, t'évoque, âme chrétienne!
» Sors en paix, âme pure, et laisse-nous les pleurs :
» Dans les lieux où tu vas il n'est plus de douleurs,
» Et, sur cette autre rive où le chrétien aborde,
» Dieu même ouvre le port de la miséricorde.

» L'œil humain n'a point vu, ni l'oreille écoute

» Ce que le ciel réserve à ta félicité. »

Il dit : le juste expire. A sa voix solennelle,

L'âme sainte a passé dans la vie éternelle ;

Et la croix, qui, jadis, protégea son berceau,

Suit sa froide dépouille et marque son tombeau.

LA VIERGE.

Ave, plena gratiâ,
Cujus inter brachia
Se litat Deo Deus.

PURIF. PROSA.

Quelle Vierge est cachée au fond d'une chaumière?
Nul mortel n'accourut à son heure première.
— C'est la fille des rois, la reine de Sion,
C'est du sang de David l'illustre rejeton,
Le gage précieux d'une sainte alliance,
Et le vase sacré qui contient l'espérance.

Dans un jardin mystique, Eden silencieux,
Ornement de la terre et délice des cieux,
Des Anges du Seigneur demeure fortunée,
Des profanes humains long-temps abandonnée,

Ignorant ses destins, la terre et ses douleurs,
Ce lys mystérieux croissoit parmi les fleurs.

Déjà quinze printemps ont couronné sa vie,
Et la Vierge, toujours modeste et recueillie,
N'a jamais des mortels recherché les regards;
Son esprit franchissoit les célestes remparts,
Et son cœur, renfermant sa sagesse profonde,
Pour le ciel qui l'attend se déroboit au monde.
Ses lèvres, que fermoit la timide pudeur,
N'ont jamais prononcé que le nom du Seigneur;
Et son œil azuré, sous sa noire paupière,
Ne semble, qu'à regret, s'ouvrir à la lumière.

Les siècles entassés se sont évanouis;
L'Éternel à la terre avait promis son fils!
Du chœur des Séraphins la lyre harmonieuse
Annonce d'un grand jour la pompe radieuse.
Marie est à genoux et les cieux sont ouverts :
Un Archange descend, environné d'éclairs;
De soleils en soleils il traverse l'espace,
Et laisse dans les airs une brillante trace.

Empruntant du Très-Haut l'auguste majesté,
Radieux de l'éclat de l'immortalité,
De son souffle sacré la divine ambroisie
Sur l'antique univers vient exhaler la vie;
Et sa voix, dont le ciel a formé les accords,
De la fécondité présage les trésors.

L'enfer est ébranlé sous sa voûte affoiblie;
Sur le gouffre sans bords le serpent se replie;
Le péché s'engloutit dans le sein de la mort;
Le monde rentre enfin dans le céleste port,
Et vient de ressaisir une gloire flétrie.
Mais déjà l'Esprit-Saint, qui plane sur Marie,
Opère du salut le mystère sans fin :
La Vierge, qu'humilie un glorieux destin,
S'abandonne au décret de ce Dieu qui doit naître;
La nature, en tremblant, a reconnu son maître;
Elle fléchit ses lois devant son créateur,
Et le sein d'une Vierge a conçu le Sauveur.

LES LIMBES

AVANT LA NATIVITÉ.

> . . . . A boundless continent,
> Dark, waste, and wild, under the frown of night
> Starless expos'd, and ever-threat'ning storms
> Of chaos blust'ring round, inclement sky.
>
> PARADISE LOST, *B. III.*

Hors des lieux où le temps moissonne ses victimes,

Il est un lieu, voisin des plus profonds abîmes,

Où des astres voilés traversent lentement

L'épaisse obscurité d'un triste firmament;

Où des mânes légers, égarés dans l'espace,

Semblent chercher du jour une dernière trace,

Et, toujours repoussés par un reflux divin,

De leur captivité vont attendre la fin.

Sur la plage où Sion a déposé sa gloire,

Du peuple des élus tranquille purgatoire,

Un Ange, qui régit ces invisibles cieux,
Pèse, d'un nouveau temps, le cours religieux.
Là repose Abraham, appuyé sur Dieu même;
Il recèle ses fils sous son ombre suprême,
Évoque de la vie un pieux souvenir,
Et, toujours attentif, écoute l'avenir.

Moïse, recueilli dans sa longue prière,
Ignore du trépas l'invincible barrière;
Sous le vague horizon, son front mystérieux
Apparaît, tour à tour obscur et radieux;
Son âme, qui rejette une pompe effacée,
Fixe à des cieux absents une ardente pensée;
Immobile, et debout sur l'ancre de la foi,
Il semble encor dicter son immuable loi.

Mais l'ineffable bruit d'un concert angélique
Réveille d'Israël la lyre prophétique.
David a répété les célestes accords,
Et l'esprit du Seigneur a pénétré ces bords.
Sur trois points lumineux, un mobile nuage
Dessine du Sauveur l'étincelante image;

Et l'arche du salut, dans un cercle azuré,
Flotte, au sein des éclairs, vers le peuple sacré.

Sur l'océan de feux un exécrable Archange,
Du ciel, qu'il a trahi, blasphême la louange,
Et, prévoyant le Dieu qui vient river ses fers,
Par d'horribles clameurs avertit les enfers.

Pour échapper au Dieu qu'il craint et qu'il outrage,
Vers l'antique néant il vogue, plein de rage;
Mais le rapide esquif est soudain arrêté,
Quand un sombre cadran marque l'éternité !

LA NATIVITÉ.

Qui cuncta complet numine,
Nostros se in artus colligit.

HYMN. ANNONC.

O TOI qui, du néant, renversas la barrière,
Et, du sein du chaos, évoquas la matière,
Verbe, par qui le ciel à la terre est uni,
Dont la seule pensée a créé l'infini !
Centre majestueux de ta sphère suprême,
Qui fis naître les temps et naquis de toi-même !
Sagesse du Très-Haut, immuable clarté
Dont les divins rayons sondent l'éternité !
Sous des voiles humains dérobe ta puissance ;
Confonds l'homme et le Dieu dans une même essence ;
Viens, consommant l'espoir et couronnant la foi,
Asservir les mortels à ta sublime loi !

Aux plaines de Sion, quelle vive lumière
Fait, du prophète-roi, tressaillir la poussière ?
Quel Ange nous révèle un grand avènement,
Et fait, d'un doux réveil, un saint ravissement ?
Rois, suivez, dans son cours, cette étoile étrangère !
Peuples, prosternez-vous près d'une vierge mère !
Quel œil divin, s'ouvrant à la clarté du jour,
Rajeunit l'univers par un regard d'amour ?
Quel enfant, dédaignant des pompes solennelles,
Ouvre, d'un premier cri, les portes éternelles,
Et, des célestes lieux vers le monde apporté,
Epanche le salut dans sa nativité ?

Pour sonder tous les maux que le temps nous mesure,
Un Dieu veut, dans son cœur, en sentir la blessure ;
Pour mieux peser la force et la fragilité,
Il impose la vie à sa divinité ;
Et, de sa sainte main, rejetant son tonnerre,
Il abdique le ciel pour adopter la terre.
Il vient, de son éclat, effacer la splendeur ;
Par son humilité décéler sa grandeur ;
Consacrer par des pleurs l'austère pénitence,
Et, de l'homme déchu, révoquer la sentence.

Lève-toi, divin fils de la terre et des cieux !

Trace sur l'univers tes pas mystérieux !

Dans le livre suprême exhale ta sagesse;

Accomplis, dans toi seul, l'éternelle promesse !

Par ton sang glorieux, le monde, racheté,

Obtiendra de ta mort son immortalité !

L'ARBRE DE LA CROIX,

OU L'ARBRE DE VIE.

> Impleta sunt quæ concinit
> David fideli carmine;
> Dicens : In nationibus
> Regnavit à ligno Deus.
>
> Pass. Hymn.

Arbre miraculeux, dont la sainte puissance
Rend au monde tombé sa première innocence,
L'Éternel a voulu que ton fruit enchanté
Pût engendrer la vie et l'immortalité;
Que ton bois glorieux, où germoit l'espérance,
Fût le gage certain de notre délivrance,
Et que, tout près du mal, le remède caché,
Fît naître le salut à côté du péché.

Soumis à son destin long-temps inexplicable,
L'homme déshérité, malheureux et coupable,
Esclave de la vie et promis au trépas,
Déjà, loin de l'Eden, a dirigé ses pas.

Déjà Satan maudit la tige salutaire
Qui, de son joug impur, émancipe la terre;
Et l'Ange, dont le glaive écarte les humains,
Ferme du paradis les terrestres chemins.

Mais l'active nature entretient ta jeunesse;
Et l'haleine des vents doucement te caresse :
Ton ombre, sur la terre, évoquant le repos,
Semble prophétiser la fin de tous ses maux.

Poussant jusqu'aux enfers ta racine profonde,
Et, tout seul échappé du naufrage du monde,
Appui de la foiblesse et soutien de la foi,
La colombe, un moment, se reposa sur toi.

De ton léger rameau la verdure sacrée
Présage le salut à l'arche rassurée;

Et le juste, éclairé par un arc immortel,
Sous ton feuillage saint dresse un premier autel.

Contemporain du monde, en son étroit espace,
Tout change, tout s'éteint, disparoît ou s'efface;
Mais la mer qui s'enfuit et les monts abaissés
Te retrouvent debout sur les siècles passés.

J'entends frémir les airs, le jour fuit, le ciel tonne,
Le serpent orgueilleux, dans son gouffre, s'étonne;
Sous de célestes mains tes flancs sont entr'ouverts,
Et le bruit de ta chute ébranle l'univers!

Déjà ton bois divin, où le salut se fonde,
Sur l'aile d'un Archange a traversé le monde,
Et, dans Jérusalem, phare mystérieux,
Sur quatre points sacrés semble envahir les cieux.

Ainsi va s'accomplir l'antique prophétie,
Montrant aux nations la gloire du Messie,
Qui, régnant par le bois, triomphe de l'enfer,
Et, sur des temps plus doux, ferme un siècle de fer.

Ainsi, sanctifiant une époque nouvelle,

Un empire sans fin au monde se révèle;

Et vient, en conquérant les peuples et les rois,

Consacrer l'avenir, du signe de la croix.

LA DETTE DU SEIGNEUR.

Conclude eleemosynam in corde
pauperis, et hœc pro te exorabit.

Eccles., *cap. XXIX.*

Fils aînés du Seigneur, qui, dotés sur la terre,
D'une joie éphémère inondez votre cœur,
Dans ce réduit obscur, voyez pleurer un frère
Qui n'a jamais reçu la part de son bonheur.
Pourriez-vous bien, du ciel débiteurs infidèles,
Soustraire l'infortune aux soins du Créateur,
Et provoquer ainsi des peines éternelles,
Pour n'avoir pas payé la dette du Seigneur?

Dieu créant, des humains, cette grande famille,
Sans doute n'en voulut déshériter aucun :

Riche! dans ta maison, si tant de faste brille,
C'est que tu puisas seul dans un trésor commun.
Et si, de la nature un besoin légitime,
Peut, dans son désespoir, égarer le malheur,
Tu subiras aussi la peine de son crime,
Pour n'avoir pas payé la dette du Seigneur.

Du riche insouciant, ô fatale imprudence,
Qui rend, à son devoir, son esprit étranger!
Qui, d'un Dieu paternel trompe la providence,
En retenant les biens qu'il devoit partager.
Lui seul, de l'Éternel suspend la bienfaisance,
Annule, de l'espoir, la céleste faveur,
Et fait, du Tout-Puissant, accuser l'impuissance,
Pour n'avoir pas payé la dette du Seigneur.

Le riche a, sur la terre, une tâche divine,
Qui doit l'associer à ce pouvoir plus grand
Que l'œil n'aperçoit point, mais que l'âme devine
Par les dons infinis que sa main nous répand.
Il doit toujours, du ciel, porter un doux message;
Comme un ange, apparoître au seuil de la douleur;

Et, même, du Très-Haut emprunter le nuage,
Quand il vient acquitter la dette du Seigneur.

Heureux le riche, pauvre au sein de l'opulence
Qui dérobe son âme à la prospérité!
Sur le livre de vie il s'inscrit en silence,
Et les biens éternels sont sa propriété.
Car le Sauveur, fidèle à sa sainte parole,
Ouvrant le ciel au pauvre, y met le bienfaiteur :
Le riche est acquitté par celui qu'il console,
Et tous deux ont payé la dette du Seigneur.

LA PASSION.

Emisit spiritum.

S. Matth., *cap. XXVII.*

Entre les cieux, qui s'ouvrent à sa voix,
Et les enfers, dont il ferme l'abîme,
Je vois un Dieu suspendu sur la croix,
Et tout son sang répandu pour mon crime.
Ma foi se trouble, et mon cœur attristé
De tous les maux que Jésus-Christ endure,
Regrette presque une félicité
Qui va coûter si cher à la nature.

Déjà sont accomplis les temps mystérieux.
Bientôt un cri puissant trouble la terre et l'onde,

Et brise les liens des enfers et des cieux.

Les mânes, échappés des entrailles du monde,

Demandent aux tombeaux leurs ossements poudreux;

Les Anges sont saisis d'une douleur profonde;

Satan même pâlit! et cet esprit immonde

S'enfonce, en gémissant, dans ses gouffres affreux.

Tout frémit, s'épouvante, et la terre éperdue

Tremble tout à la fois de surprise et d'horreur :

Cette sombre vapeur, qui couvre l'étendue,

De l'univers en deuil, augmente la terreur;

Le temps s'arrête, et n'ose achever sa carrière,

Ne donnant qu'à regret le moment qui le suit;

La mort, qui doit frapper le maître du tonnerre,

Adorant sa victime, à son aspect s'enfuit.

Mais tout est accompli; la terre est délivrée;

Ce Dieu qui, du néant, jadis l'avait tirée,

Qui, de tant de bienfaits, la combloit chaque jour,

Qui prit un corps mortel par un excès d'amour,

Expire sous ses coups : une main meurtrière

Ferme les yeux du Dieu qui créa la lumière.

LA RÉSURRECTION.

Christus, sepulchri faucibus
Emersus, ad lucem redit;
Hostem retrudit Tartaro
Cœlique pandit intima.

QUASIM., HYMN.

QUELLE profane main, par la haine égarée,
Ose sceller un Dieu sous la pierre sacrée?
Quelle tombe retient, dans la captivité,
Le Dieu qui, d'un seul pas, franchit l'immensité?
Quel homme a réclamé le hardi privilège
D'établir au saint lieu sa garde sacrilège,
Et, troublant de la foi le deuil mystérieux,
Des fragiles mortels arrête ici les yeux?
Vainement, de ce Dieu que sa bouche blasphème,
Un tyran croit dompter la puissance suprême;

Vainement des soldats, redoutant son réveil,
Pour épier la mort repoussent le sommeil :
Le Dieu qui, d'un regard fécondant la matière,
De la nuit du chaos fit sortir la lumière,
Qui fait mouvoir du temps l'invisible ressort,
A repuisé la vie aux sources de la mort.
Cette main qui, jadis, fit éclore le monde,
Entr'ouvre, des enfers, la caverne profonde,
Jésus-Christ, dans sa force et dans sa majesté,
Inonde les enfers d'un torrent de clarté.
Tous ces feux dévorants, que le Sauveur apaise,
Ont laissé refroidir leur immense fournaise,
Et Satan, arrêté sur l'éternel écueil,
S'irrite d'un repos dont frémit son orgueil.

Posant à l'horison une épaisse barrière,
Trois fois la nuit commence et finit sa carrière,
Quand l'Archange, qui veille et compte les moments,
Ébranle, du tombeau, les divins fondements.
La pierre se soulève, une flamme éclatante
Eblouit et renverse une garde insolente;
Et, de la mort absente adorant le vainqueur,
L'Ange brise le fer qui lui perça le cœur.

Sous l'immortelle épine, on voit encor la trace
De ce sang précieux d'où rejaillit la Grâce :
Au sépulcre désert ce linceul est resté,
Pour attester à l'homme un Dieu ressuscité;
Et le miracle saint, que l'Archange révèle,
Surprend Jérusalem d'une terreur nouvelle.

O femmes! suspendez vos pieuses douleurs;
Pourquoi, sur ce tombeau, répandre encor des pleurs?
Déjà le Dieu vivant, dérobant son passage,
Vient, de sa propre mort, recueillir l'héritage;
Céleste rédempteur de l'antique péché,
Il réclame le monde à l'enfer arraché ;
De son saint testament souverain légataire,
Sous le joug de la croix il vient courber la terre;
Et dressant, du salut, le contrat glorieux,
Il assure aux chrétiens le domaine des cieux.

LES CENDRES.

In sudore vultus tui vesceris pane,
donec reverteris in terram de quâ
sumptus es : quia pulvis es , et in
pulverem reverteris.

GENES., *cap. III.*

Viens, mortel insensé, viens abdiquer ta gloire ;
Efface des honneurs la stérile mémoire :
Sur la plage mobile, orgueilleux étranger,
Tu graves sur le sable un titre passager.
La voix du temps proclame, et tu n'oses l'entendre :
« Un souffle, c'est la vie ; et l'homme n'est que cendre. »

Les mortels se jouoient sur un riant écueil ;
Quel rapide retour du plaisir vers le deuil !

Les rois ont détaché le brillant diadême,
Et tremblent sous le poids de l'empire suprême.
Les grands sont accourus, et leur humilité
Atteste qu'ici-bas tout n'est que vanité.
Le riche a renfermé, sous la double serrure,
De son corps abattu l'élégante parure;
Et, du prêt de la vie inquiet débiteur,
Reconnoît son néant aux pieds du Créateur.
Tous, réclamant la poudre où le temps fait descendre,
Confessent à genoux que l'homme n'est que cendre.

Un prêtre, pénétré d'un saint frémissement,
Au fond du sanctuaire apparoît lentement.
Ce front pâle, où le temps sillonne son passage,
Décèle qu'il remplit un sévère message...
Son âme, initiée aux célestes secrets,
Étrangère à la joie, ignore les regrets,
Et semble recueillir, vers la terre abaissée,
Sur un point fugitif une longue pensée.
De l'âge qui n'est plus le vague souvenir,
De ce peuple nouveau le fragile avenir,
Ce cercle de poussière où le temps se balance,
Cette ombre du trépas, qui vers l'homme s'avance,

D'un trouble prophétique ébranlent ses esprits.

Il semble chanceler sur d'antiques débris;

Et tandis que, du temps, il mesure l'abîme,

Son redoutable sceau marque chaque victime.

Sa voix mystérieuse atteste notre sort;

Sa main plonge à demi dans l'urne de la mort,

Et son geste imposant, au chrétien fait comprendre

Que ses jours sont comptés, que l'homme n'est que cendre.

Mais le prêtre contemple une sombre frayeur;

Et, bientôt raffermi dans la paix du Seigneur,

Pour chasser des humains la profane tristesse,

Il vient du Dieu vivant répéter la promesse.

En vain le corps mortel dans la poudre est jeté :

La chair a reconquis son immortalité;

Le temps qui la dévore est contraint de la rendre,

Et le ciel de ses fils doit réveiller la cendre.

L'ASCENSION.

> Jam nube vectus fulgidâ,
> Terras jacentes despicis;
> Ovansque, sublimem patris,
> Homo Deus, scandis thronum,
>
> ASCENS., *hymn.*

Le monde est chancelant dans son obéissance,
Et Jésus-Christ vivant voit pleurer son absence;
Mais, lorsqu'il apparoît aux regards des humains,
L'incrédule, sur lui, pose en tremblant les mains.
Vainement de sa vie éclate la merveille :
La foi novice encor trop lentement s'éveille;
L'homme doute d'un Dieu qu'il croyoit un mortel;
L'Apôtre même hésite à dresser un autel.

Le Sauveur veut enfin révéler sa puissance,
Et, dans sa majesté, vers son père il s'élance :

Ouvrant l'éternité de son pied glorieux,
Sous son ombre éclatante il embrasse les cieux;
Ces peuples de soleils, que son regard mesure,
Éclairent de son flanc la profonde blessure,
Et la Grâce, qui naît de ce côté divin,
Jaillit sur l'univers comme un fleuve sans fin.
Quel cortège nouveau le presse et l'environne!
Quelle foule d'élus sa sainte main couronne!
Comme l'aigle, qui fuit son nocturne séjour,
Se hâte d'aspirer les premiers feux du jour,
Des justes échappés de leurs demeures sombres,
Dans le vaste empyrée on voit monter les ombres,
Et les cieux, asservis à de nouvelles lois,
Sont ouverts aux mortels pour la première fois.

Le Seigneur, par un signe, a rassuré la terre;
Consacrant de sa mort l'adorable mystère,
Sur la chaumière obscure et le trône des rois,
Les Anges, qui passoient, ont déposé la croix.
On les vit proclamer, sous la voûte suprême,
L'ineffable abandon du Verbe hors de lui-même;
Israël, aujourd'hui, par un chant solennel,
Célèbre son retour au sein de l'Éternel.

~~~~~~

LA PENTECOTE.

> Quò vos, magistri, gloria, quò salus
> Invitat orbis ; sancta cohors, Dei
> Portate verbum : vos reposcit
> Prima seges, pia cura fratrum.
>
> Pent., *hymn.*

Les Apôtres, témoins d'une sainte victoire,
Ont revu l'Homme-Dieu dans l'éclat de sa gloire;
A peine a-t-il quitté ce terrestre séjour,
Qu'un Ange les console et promet son retour.

Ces hommes, que captive une même ignorance,
Timides dans leur foi, cachent leur espérance :
Leur âme s'épouvante à l'aspect du danger,
Et d'un culte secret écarte l'étranger.

Près de Jérusalem, sous un toit solitaire,
Ils viennent, entourés des ombres du mystère,

Du Sauveur triomphant réclamer un appui;
Et leurs ardents soupirs s'élèvent jusqu'à lui.

Au sein de l'empyrée un souffle prophétique
Répond, par un long bruit, à leur pieux cantique;
Le tourbillon sacré, qui traverse les airs,
Jette, en langues de feu, d'innombrables éclairs.

Des vents impétueux la pompe solennelle,
Proclame du Seigneur une grâce nouvelle :
Et, du triple rayon dont s'embrasent les cieux,
L'esprit divin jaillit en reflets glorieux.

Les Apôtres, couverts des immortelles flammes,
Pénétrés de ce feu qui consume les âmes,
De ce temps passager bravent tous les revers,
Et leur voix communique avec tout l'univers.

Leurs corps sanctifiés abdiquent la nature;
A ce divin creuset leur sagesse s'épure;
Et leur esprit, qu'éclaire un céleste flambeau,
Peut évoquer la mort jusqu'au fond du tombeau.

L'un brise, du payen, les idoles d'argile,
Sur de larges sillons fait germer l'Évangile,
Enracine la foi par sa sainte vigueur,
Et laboure le monde au profit du Seigneur (1).

L'autre, puisant au ciel des vérités sublimes,
Grave pour les mortels d'immuables maximes :
La foule des chrétiens que la Grâce a surpris,
Nous révèle qu'un Ange a dicté ses écrits (2).

Tel qu'on voit un lion, dans sa course rapide,
Arrêter le serpent que sa force intimide,
Celui-ci, de Satan enchaîne la fureur,
Et renverse le trône où triomphoit l'erreur (3).

L'Apôtre, qui d'un Dieu fit l'étude profonde,
De saintes visions épouvante le monde :
Comme l'aigle qui s'ouvre un chemin radieux,
Il va briser, des temps, les sceaux mystérieux (4).

(1) S. Luc.
(2) S. Mathieu.
(3) S. Marc.
(4) S. Jean.

Leur chef infatigable, à sa seule prière,
Fait au sein des cachots descendre la lumière.
Pour bannière du monde il élève la Croix,
Et du signe sacré marque le front des rois (1).

Douze pêcheurs, versant une onde salutaire,
Dans leurs vastes filets ont embrassé la terre;
Les hommes sont unis par le même lien :
Le monde des Gentils est le monde chrétien.

Dieu ramène son peuple à la terre promise :
Sur la pierre sacrée il fonde son Église,
La dote, pour le ciel, de trésors infinis,
Et dépose en son sein les clefs du paradis.

(1) S. Pierre.

LA MESSE.

Manducaverunt et adoraverunt
omnes pingues terræ; in conspectu
ejus cadent omnes qui descendunt
in terram.

PSALM., *XXI.*

QUAND la religion respire d'un long deuil,
Quand le ciel, de l'impie a terrassé l'orgueil,
Rappelons, dans ces temps si féconds en miracles,
Le miracle éternel de nos saints tabernacles,
Où le Dieu de Jacob, voilant sa majesté,
Paroît encor plus grand dans son obscurité.

Pour fléchir du Très-Haut la sévère justice,
Pour fermer des enfers l'antique précipice,
Il est un sacrifice invisible et réel,
Où Jésus, expiant les crimes d'Israël,

Pour s'unir aux mortels par un lien intime,
Fait un homme d'un Dieu, fait d'un Dieu la victime;
Où celui qui couronne ou renverse les rois,
Triomphant de la mort et vainqueur sur la croix,
De ses crimes nouveaux, pour racheter la terre,
S'immole chaque jour au fond du sanctuaire.

Mais quel bruit a troublé le silence pieux
Du mortel recueilli qui médite les cieux?
Entendez-vous l'airain qui lentement résonne?
Voyez-vous cet autel qu'un simple bois couronne?
Vers nos divins parvis, mortels, accourez tous :
C'est un Dieu qu'on appelle, et qui descend pour vous !

Le pontife s'avance : une étole azurée,
Le pur et blanc tissu de sa robe sacrée,
Cette chaste pâleur, cet auguste maintien,
Tout décèle le juste, et montre le chrétien.
Un enfant le précède, et sa douce innocence
Semble d'un Dieu de paix présager la clémence.
L'Archange du Très-Haut, qui veille près de lui,
Assure à sa foiblesse un immortel appui.

Au pied du saint autel le pontife s'arrête,
Et l'esprit du Seigneur a plané sur sa tête.
Pour soumettre Dieu même à de mortelles lois,
Il élève vers lui sa suppliante voix.
Le ciel a répondu par ce divin cantique
Qu'entonne avec les saints la lyre séraphique :
Les chrétiens, attentifs aux célestes leçons,
Sur mille tons divers en modulent les sons.

Le prêtre a soulevé ce livre évangélique
Qui, partout répandu, reste toujours unique;
Et, pacte solennel de la terre et des cieux,
Restera, de l'erreur, toujours victorieux.

Il répète d'un Dieu la parole adorable,
Et vient renouveler la cène mémorable
Où, la mort pâlissant sur son front radieux,
Le Christ à ses élus fit ses derniers adieux.
Du rédempteur du monde attestant les promesses,
Le prêtre va, du ciel, épuiser les largesses;
Et, pénétré du Dieu qu'il n'ose concevoir,
Il ravit par la foi le céleste pouvoir.

Il parle, et tout frémit sous la voûte divine;
Les cieux sont avertis, et la terre s'incline.
Le pain est consacré par un mot solennel,
Et le prêtre, en tremblant, soulève l'Éternel.

Déjà l'azyme saint, sous sa frêle apparence,
A renfermé d'un Dieu l'immortelle substance;
Et celui, qui des cieux est l'unique héritier,
Au plus foible mortel vient s'offrir tout entier.
Peindrai-je les trésors du pain Eucharistique;
L'angélique repas et la coupe mystique
Où Jésus, revêtant notre fragilité,
Échange contre nous son immortalité?

Ici le cœur fléchit sous le poids de la Grâce :
Le mystère est trop grand pour qu'un mot le retrace.
D'une cause ineffable en adorant l'effet,
Que le salut de tous soit le prix du bienfait !

Venez, d'un long silence esclave volontaire,
Dont le corps languissant a gémi sous la haire;
Venez, vierge timide, et vous, jeune orphelin;
Venez, vous dont le temps a marqué le déclin;

Et vous qu'un zèle ardent contre vous-même anime,

Qui pleurez une faute, ou détestez un crime,

Et, cherchant la pitié que l'on doit à l'erreur,

Ne trouvez que la honte au sein de la douleur;

Venez! quand un mortel à cet autel aborde,

Il trouve l'espérance et la miséricorde.

Le Dieu qui règne ici n'est point un Dieu vengeur :

S'il accueille le juste, il cherche le pécheur.

Ici la charité, fervente et magnanime,

A puisé sur l'autel le zèle qui l'anime,

De son voile pieux couvre le pénitent,

Et conduit le chrétien à son Dieu qui l'attend.

Ici fuit, du remords, la redoutable trace;

C'est dans le sang d'un Dieu que le crime s'efface,

Et la foi, l'éclairant de son divin flambeau,

Du vieil homme épuré fera l'homme nouveau.

MAGDELEINE,

OU LES TROIS DEGRÉS DE PÉNITENCE.

> Quæ enim secundùm Deum tris-
> titia est, pœnitentiam in salutem
> stabilem operatur : sœculi autem
> tristitia mortem operatur.
>
> AD COR., *II, c.* 7.

Sur les bords du Jourdain, dans une grotte obscure,
Des enfans de Jacob antique sépulture,
Séjour, du pâle hermite autrefois habité,
Par l'Ange du désert aujourd'hui visité,
Magdeleine gémit, et son cœur, qui murmure,
Veut en vain, sous la haire, étouffer la nature.
Son œil, fixe parfois et souvent inquiet,
A travers ses remords laisse voir un regret :

Sur son corps délicat, l'épine déchirante,
Par des traits douloureux, vainement la tourmente.
Son cœur conserve encore et ne sauroit bannir
Du monde qu'elle fuit le brillant souvenir;
Des parents qu'elle quitte elle voit les alarmes;
Voit ce peuple, long-temps ébloui de ses charmes;
Croit respirer toujours une douce vapeur,
Repousse lentement un espoir enchanteur,
Dans un vague soupir exhale sa foiblesse,
Soulève doucement l'épine qui la blesse,
Et ce cœur, qu'à demi la Grâce avoit dompté,
Oppose ses douleurs à sa fragilité.

Mais quel nouvel objet à mes yeux se présente?
De Magdeleine enfin la Grâce est triomphante!
Ce n'est plus le remords ni la sombre terreur
Qui glace tous nos sens d'une secrète horreur,
D'une froide raison stérile pénitence,
D'un cœur profane encor inutile souffrance:
C'est le premier élan, c'est le premier soupir
D'une âme où vient de naître un tendre repentir.
Cessant par des rigueurs d'attrister la nature,
Celle qui va brûler d'une flamme si pure,

Trouve dans ses regrets de plus vives douleurs,
Et de ses yeux enfin je vois couler des pleurs.

De la crainte à l'amour, ô divine nuance!
Compagne de la foi, fervente pénitence,
Seul espoir du pécheur! ton délire pieux
Fait envier tes pleurs au mortel vertueux!

Magdeleine, du monde est enfin détachée;
Sur son cœur languissant, sa tête s'est penchée;
Son bras, sur ses genoux, reste sans mouvement :
Elle ignore ses pleurs et son abattement.
Dans un doux repentir cette âme recueillie,
D'une foible existence est à peine avertie.
De ce triste repos solitaire témoin,
Un Ange, de ses jours a daigné prendre soin.
O doux enchantement de la mélancolie!
A sa sainte douleur lui-même il s'associe;
De ses jours pâlissans ranime le flambeau,
Pour contempler encor un si touchant tableau.
Une angélique main dans le ciel le retrace :
Le ciel est attentif aux effets de la Grâce.

Dans leur félicité, tous ces divins esprits,

D'une pitié soudaine eux-mêmes sont surpris.

L'Éternel, attachant ses regards sur le monde,

Voit Magdeleine en paix dans sa douleur profonde,

Il ordonne à la mort d'en terminer le cours ;

L'appelle, et l'initie aux célestes amours.

LA MORT DU PÉCHEUR.

Non est enim in inferno accusatio
vitæ.

ECCLESIAST. , *cap. XLI.*

D'UN coup inattendu la mort frappe l'impie,
Et dérobe au pécheur le temps où tout s'expie :
Des ombres du trépas, soudain enveloppé,
L'homme dit au plaisir : Pourquoi m'as-tu trompé?
C'est en vain qu'il voudroit, à son heure suprême,
Évoquer le néant et s'abjurer lui-même;
Son regard, vers le ciel tristement arrêté,
Atteste, malgré lui, son immortalité.
Il frémit du passé, l'avenir l'épouvante :
Rien ne peut rassurer son âme impénitente.
Quand le monde, trop tôt, à son œil disparoît,
Il cherche un repentir et ne sent qu'un regret.

Sur l'abîme profond où l'amitié le laisse,

Où vient d'un fol amour expirer la foiblesse;

Quel Ange ou quel mortel a reçu le pouvoir

De retremper son cœur ouvert au désespoir?

Un prêtre, dont la Foi provoque le courage,

Veut lui tendre la main au milieu du naufrage :

Sa charité fervente a frémi d'un retard;

Il vient saisir cette âme au moment du départ;

Rien ne peut refroidir le zèle qui l'anime,

Il prétend a l'enfer arracher sa victime;

Accoutumé, du ciel, à frayer les chemins,

Il présente au mourant le Sauveur des humains.

« Mon fils, pour ton salut, à genoux je t'implore,

» L'éternité s'approche et le jour luit encore :

» Un seul moment te reste, il suffit pour la Foi :

» Mon fils, un repentir, et le ciel est à toi!

» Tu récuses ton juge en réclamant un père ;

» Déjà l'homme est sauvé du moment qu'il espère;

» Et le Dieu, qui sonda les misères du cœur,

» Met la miséricorde au chevet du pécheur;

» Implore du Sauveur la bonté sans seconde.

» Au nom d'un Dieu qui meurt pour le salut du monde

» Par la Trinité sainte et le ciel qui m'entend,

» Je t'absous du péché si ton cœur se repent. »

Il semble que, du prêtre, un geste prophétique
Entr'ouvre vers le ciel une route angélique;
Que, dès le premier mot qu'il avoit prononcé,
Déjà l'esprit divin sur cette âme ait passé.

L'agonisant murmure une foible prière :
Cette larme qui roule et mouille sa paupière,
Révèle que du prêtre il entendoit la voix;
D'un pieux mouvement il a pressé la croix.
Sitôt que du salut sa main saisit le gage,
De la mort sur son front s'éclaircit le nuage;
Son œil cherche le prêtre , il semble le bénir,
Et son cœur lui répond par son dernier soupir.

~~~~~~

L'AME CHRÉTIENNE.

> Bonam voluntatem habemus
> magis peregrinari à corpore, et
> præsentes esse ad Dominum.
> II. Ad Cor.; c. V.

Dans les liens du corps, notre âme prisonnière,
Par un sublime instinct aspire à d'autres lieux;
Sa pensée à la vie échappe tout entière,
Dans le sein d'un mortel elle rêve les cieux.
Elle semble, à regret, habiter la matière;
Et, souveraine encor dans sa captivité,
Se rappelant toujours son essence première,
Vouloir se rattacher à la Divinité.

Rien ne peut ralentir sa vive impatience;
Et Dieu seul peut fixer son regard solennel :

On diroit que, du ciel ayant l'expérience,
Rien n'accomplit ici son désir éternel :
Elle paroît grandir au sein de la souffrance;
Sur les vagues du temps assurant son repos,
Elle dit au Seigneur : « Soyez mon espérance! »
Et la main du Seigneur la soutient sur les flots.

C'est en vain que la joie en passant la convie,
Que le plaisir lui crie : « Arrête près de moi! »
Tout le bonheur qui brille au prisme de la vie
S'évanouit pour elle au flambeau de la Foi.
Le Seigneur qui la cherche et l'envie à la terre,
A l'attrait du danger oppose un saint effroi;
Et, d'un céleste appui, découvrant le mystère,
Lui répète en secret : « Je suis auprès de toi! »

LE MIRACLE DE LA CROIX.

Signum novi crux federis,
Crux orbis arca naufragi,
Cùm jam perimus nos ratis,
Portus refers in patrios.
CARMEN EXALT.

Homme de peu de foi qui, rebelle aux miracles,
Écoutes sans entendre et regardes sans voir;
Viens-tu tenter le ciel au pied des tabernacles?
Crois-tu nous éblouir d'un orgueilleux savoir?
A tes sophismes vains que la terre réponde!
Vois briller dans les airs le signe de la Croix;
Vois l'astre du salut se lever sur le monde,
Et cet humble Évangile adoré par les rois.

Ton cœur veut rejeter ce qu'il croit impossible.
Explique de la Croix le miracle visible;

En vain contre le ciel l'enfer a combattu.

Vois ce peuple de Dieu sous le Christ abattu ;

Vois l'esprit descendu sur l'aile du tonnerre,

D'un baptême de feu purifier la terre.

Ces témoins du Seigneur, Apôtres immortels

Qui briguent le martyre et fondent les autels ;

Tous ont d'un Dieu vivant reconnu l'évidence ;

La Grèce a retenti de leur sainte éloquence ;

Elle abdique, à genoux, sa stoïque fierté

Et bénit de la Croix la douce humilité.

Le Romain, du Sauveur écoute la parole,

Déjà la Foi triomphe au front du Capitole ;

L'Église universelle adopte ses remparts,

Et la Croix a conquis le trône des Césars.

De ces temps plus nouveaux vois les nouveaux prodiges.

En vain des conquérans tu cherches les vestiges ;

Sous le souffle de Dieu l'impie est renversé,

Et la Croix s'édifie où sa gloire a passé.

Cesse de disputer le salut de ton âme,

Croire c'est espérer, le doute est un malheur ;
Le Sauveur nous l'a dit, l'Église le proclame :
Heureux celui qui croit, il verra le Seigneur.

LA FÊTE-DIEU.

Deus Dominus, et illuxit nobis. Consti-
tuite diem solemnem in condensis, usque
ad cornu altaris.

PSALM., *cap. CXVII.*

DE l'airain consacré le son religieux
A réveillé la terre et réjoui les cieux.
Le chrétien matinal a devancé l'aurore :
De l'éclat des flambeaux l'horizon se colore;
Un temple improvisé décorant chaque lieu,
Signale à l'univers la fête de son Dieu.

Dans ce vaste palais, quelle main opulente
A recouvert les murs d'une pourpre éclatante?
Le myrthe a dessiné de superbes frontons,
La dentelle descend en mobiles festons.

Au divin reposoir, que l'artiste façonne,
L'or brille, l'encens fume et l'hymne saint résonne.
Cent vases, travaillés par de savantes mains,
Ont enrichi l'autel du maître des humains ;
Et le chrétien obscur, que tant de faste étonne,
S'afflige de n'offrir qu'une simple couronne.

Laboureurs vigilans, silencieux bergers,
De feuilles dépouillez vos paisibles vergers.
Plus heureux d'ignorer nos pompeuses délices,
Vous offrez des jardins les fragiles prémices;
La nature, pour vous, n'a créé que des fleurs,
C'est sur vous que le ciel épanche ses faveurs.
De votre lin grossier entourez les chaumières,
Couvrez le vieux donjon de roses printanières :
Que ce lit de verdure à Dieu soit présenté,
Ce Dieu naquit dans l'ombre et dans la pauvreté.

L'Eglise a célébré la messe solennelle,
Et semble refleurir sur sa tige éternelle :
Ces fils qu'elle initie à son sort glorieux,
Ont partagé le pain consacré par les cieux;

La terre a retenti d'une vive allégresse ;
Le Monarque pieux près du peuple s'empresse ;
Sur la ligne sacrée où domine la Croix,
Marchent la villageoise et la fille des rois.

Les armes ont cessé d'épouvanter la terre,
Et, couvertes de fleurs, tracent un long parterre ;
Naïfs imitateurs de la foi des mortels,
Les enfants dans leurs jeux ont créé des autels.

Quel groupe virginal du peuple se détache?
Sous ce voile ondoyant que la pudeur rattache, .
Des filles que recouvre un même vêtement,
Sur des sentiers fleuris s'avancent lentement.
La guirlande qui pare une tête angélique,
Ce rosaire flottant, ce céleste cantique,
Et ce lis échappé de leurs timides mains,
Rappellent qu'une Vierge a sauvé les humains.

De ces adolescents, la voix touchante et pure
Célèbre en chœur le Dieu qui créa la nature ;

Et vers le dais sacré, mobile reposoir,
Les anges de la terre élèvent l'encensoir.

Quand du peuple chrétien cette innombrable foule,
Vers le temple sacré comme un torrent s'écoule,
Toi seul, infortuné, tu marches à l'écart,
Pauvre dans cette pompe, honteux d'y prendre part.
Viens, de la pauvreté le don est un mystère
Que le Sauveur voulut expliquer à la terre,
Lui-même il vécut pauvre et fut persécuté.
Au banquet du Seigneur le premier invité,
Bannis de tes chagrins la passagère étreinte;
Viens, auprès du Seigneur tu peux marcher sans crainte;
Laisse aux riches le monde à partager entre eux :
Le royaume du ciel est pour les malheureux.

Enfans, venez puiser aux sources de la vie,
A vous approcher tous, le Seigneur vous convie ;
Vos timides accens sont toujours les plus doux;
Ce Dieu fut autrefois un enfant comme vous.

Mais le soleil divin, dans sa course féconde,

A béni les mortels, purifié le monde :

Et, le sein tout couvert de ses riches présens,

La terre vers le ciel exhale un doux encens.

LE PRÊTRE.

Labia enim sacerdotis custodient scien-
tiam, et legem requirent ex ore ejus; quia
Angelus Domini exercituum est.
MALACHIÆ, *c. II.*

Heureux l'homme, chargé d'un divin ministère,
Qui des rites sacrés, pieux conservateur,
Comme un Ange de paix, en passant sur la terre,
Bénit la créature au nom du Créateur.
De la miséricorde il est l'agent suprême,
Il vient, en réclamant le juste et le pécheur,
Résoudre du salut l'ineffable problême,
Et préparer la voie où passe le Seigneur.

Lui seul peut, révélant sa morale sublime,
Soutenir la vertu dans son céleste essor,

Lui seul peut évoquer l'immortelle victime,
Et de la pénitence ouvrir le grand trésor.
Il peut diviniser notre raison fragile;
Annuler des enfers le pacte criminel,
Sous les phases du temps affermir l'Évangile ,
Et nourrir les humains du corps de l'Éternel.

A ses ordres secrets, la Grâce obéissante,
De l'eau vive des cieux féconde les autels;
Par un seul mouvement, sa main toute-puissante
Imprime l'Esprit-saint sur le front des mortels;
Il semble, à son désir, que Dieu même réponde,
Lorsque sur l'univers il exalte la Croix;
Son pouvoir invisible envahit l'autre monde,
Et partout il commande au nom du Roi des rois.

Il accueille notre âme aux portes de la vie
Et pose du salut le sceau religieux;
Pour la soustraire au mal, dont elle est poursuivie,
Il verse de la Foi les dons mystérieux :

Sans tache il la conduit au bout de sa carrière,

Conservant au Seigneur ce dépôt précieux;

Et, lorsqu'à la nature il lègue sa poussière,

D'avance il a marqué sa place dans les cieux.

~~~~~~

LE COEUR DE JÉSUS,

OU LE PARDON DES INJURES.

> Estote autem invicem benigni,
> misericordes, donantes invicem,
> sicut et Deus in Christo donavit
> vobis.
>
> S. Paul., *ad. Eph.*, *cap. IV.*

Coeur sacré! de l'amour source vive et profonde,
Où viennent s'effacer tous les crimes du monde,
Aux pleurs de repentir ta clémence répond :
Tu scellas du pécheur l'ineffable pardon.

Oppose dans toi même, holocauste sublime,
Au crime le plus grand, la plus grande victime!

A ta propre justice, en t'immolant pour nous,
Détourne encor ta foudre et fléchis ton courroux.

Qui peut d'un cœur divin mesurer l'indulgence?
Séparer son amour de sa toute-puissance?
Quel homme audacieux, dans sa fragilité,
Poseroit la limite où finit sa bonté?

C'est des cœurs les plus doux que ce cœur s'environne;
Pacifique mortel, sa grâce te couronne :
C'est à la Charité que le ciel est promis.
Aimez, et vos péchés vous seront tous remis.

Sacrilége chrétien, à ton culte parjure,
Qui poursuis sur ton frère une frivole injure,
Si l'esprit du Seigneur te conduit aux saints lieux,
Vois la miséricorde attester le vrai Dieu.

Vois ce cœur traversé d'une flèche éternelle,
Écoute Jésus-Christ et sa voix solennelle;

Quand une lance impie a déchiré son sein,
Il implore un pardon pour le peuple assassin.

Obéis à la loi de ton souverain maître,
Ou près de ses autels garde-toi de paroître.
Brise de ton orgueil les méprisables fers,
La haine est le tourment qu'imposent les enfers!

LE CHRÉTIEN.

> . . . . Illum,
> Si fractus illabatur orbis,
> Impavidum ferient ruinæ.
>
> HOR.

D'UN terrestre plaisir, pour détourner son âme,
Le chrétien recueilli fréquente le saint lieu :
Afin de mériter le salut qu'il réclame,
Il vient y méditer la parole de Dieu.

Au milieu des humains on le voit solitaire;
Mais toujours, de la loi fidèle observateur,
Sans trop l'apercevoir il visite la terre:
Dans toute la nature il voit le Créateur.

En vain la foudre gronde et menace sa tête,
Les élémens troublés ne troublent pas son cœur :

Son âme est rassurée, il brave la tempête,
Et reste toujours calme en face du malheur.

On diroit que, du sort mesurant l'inconstance,
Il échange avec Dieu son fragile destin;
Qu'il a déjà conquis sa seconde existence,
Et que son espérance est un bonheur certain.

S'il remonte la vie au sommet de ses ondes,
Le temps ne fait qu'accroître et mûrir sa faveur;
Son âme fructifie, et ses vertus fécondes
Font germer pour le ciel la moisson du Sauveur.

Et lorsque la nature a désigné sa tombe,
Au soir mystérieux qui n'a point de retour,
Il s'endort sur la terre où le corps seul succombe;
Et va se réveiller au céleste séjour.

LE CRUCIFIX.

> Crux alma, salve, crux venerabilis;
> Torrente Christi sanguinis ebria,
> Testis dolorum, tu suprema
> Verba Dei morientis audis.
>
> Suscep. Hymn.

Au sein du pénitent, et sur le cœur du juste,
Divin consolateur, mes yeux t'ont rencontré!
Partout j'ai retrouvé, de ta clémence auguste,
  Le signe révéré.

Sur le chemin rustique, au pieux monastère,
Dans le palais des rois, au sommet des autels,
Tu parois méditer, sur ta croix solitaire,
  Le repos des mortels.

On diroit que, planant sur la nature entière,
Tu t'exiles des cieux pour subir notre sort :
Que ton ombre s'incline au bord du cimetière,
  Pour protéger la mort.

Flexible à la pitié, quand le pécheur t'aborde,
Tu sembles, vers ton père en élevant les mains,
Contraindre le Très-Haut à la miséricorde,
  Et bénir les humains.

Toujours, du malheureux espérance première,
Près de la froide paille où coulent tant de pleurs,
Je te vois apparoître au fond de la chaumière,
  Couronné de douleurs.

Dans l'humide cachot où rampe la souffrance,
Quel Ange de ta croix fit le céleste don!
A tes pieds, l'innocent attend sa délivrance,
  Le crime son pardon.

Ce pécheur, en fermant les yeux à la lumière,
Ne confia qu'à toi son dernier repentir :

Ton oreille attentive entendit sa prière,

  Qui ne fut qu'un soupir.

Des peines de la terre, ô confident intime!

Tu viens, de la douleur, nous enseigner le but;

Tu viens, prêtre éternel et céleste victime,

  Conquérir le salut.

LA BÉATITUDE.

Justi autem in perpetuum vivent,
et apud Dominum est merces eorum
et cogitatio eorum apud Altissimum.

Sap., *c. V.*

N'entends-je pas le bruit de l'airain funéraire,
Qui proclame la mort et l'immortalité?
Il répète au chrétien que le temps peut distraire :
« Plaisirs, gloire et grandeurs, tout n'est que vanité. »

Quelle âme bienheureuse entre dans la lumière?
Quel homme, au dernier jour, du Seigneur visité,
Par un saint mouvement abdique sa poussière,
Et, par un seul soupir, franchit l'éternité?

Ame, qui du trépas sondes le grand mystère,
Et qui vois, du Seigneur, le règne solennel,
Apprends-moi quel transport t'a ravie à la terre;
Quel désir t'a conduite au sein de l'Éternel?

Dis-nous, pour remporter ta céleste victoire,
Quel Ange t'a donné le mot mystérieux?
Dis-nous, pour louer Dieu, pour célébrer sa gloire,
La sublime oraison que répètent les cieux?

Révèle des élus la joie inaltérable;
Cet espoir accompli dans un amour divin;
De plaisirs inconnus cette chaîne ineffable,
Et ce bonheur qui croît dans un cercle sans fin?

D'un cœur qui cherche Dieu, fervente inquiétude!
Pourquoi, de ce chrétien, interroger l'esprit?
Le suprême secret de sa béatitude,
De la main du Seigneur, dans notre âme est écrit.

Dans l'amour du Seigneur, repose-toi , mon âme;

Jouis du vrai bonheur qu'anticipe la foi!

Encore un jour peut-être, et ton Dieu te réclame,

Car il n'est qu'un moment entre le ciel et toi!

LE DÉLUGE.

Rupti sunt omnes fontes abyssi
magnœ, et cataractæ cœli apertæ
sunt.

GENES., *c. VII.*

De tant de nations triste et dernier sommeil!
Épouvantable nuit qui n'eut point de réveil!
L'Océan, qui franchit les rivages du monde,
Jusqu'au pied du Liban vient dérouler son onde;
Sa mugissante voix pénètre les déserts :
Un naufrage éternel menace l'univers.

De l'Ange du trépas les ailes se découvrent,
Et des cieux irrités les cataractes s'ouvrent;

L'Etna, dans sa hauteur, envahi par les eaux,

De ses foyers éteints n'a vomi que des flots;

Et les puits du Carmel, de leur source profonde,

Grossissent des torrens la fureur vagabonde.

Ainsi, la terre voit déchirer tous ses flancs

Et de son sein jaillir de nouveaux océans.

Les pôles, ébranlés sur leurs voûtes anciennes,

S'affaissent sous le poids des mers aériennes

Qui ceignent l'univers d'un funèbre bandeau,

Pressent le globe entier d'un immense fardeau,

Et, se précipitant au long bruit du tonnerre,

Sous un seul élément enveloppent la terre.

Elle n'est plus, voyez son liquide linceul!

Quelle main a lancé son mobile cercueil?.....

Le soleil, qui la vit triompher dans son crime,

La retrouve en passant dans le fond de l'abîme;

Ses forfaits accomplis ont consommé son sort,

Et tout ce qui vécut, aujourd'hui boit la mort.

O fatale agonie! indicible torture!

Jour terrible qui vit expirer la nature!

Sous le courroux du ciel il n'est aucun abri;

Et quand l'humanité jetoit son dernier cri,

Ce cri, sombre signal d'une affreuse détresse,

Frappe aussi l'Éternel d'une sainte tristesse :

Sur la terre il retient son regard attaché,

Regrette son ouvrage et maudit le péché.

Mais, clément pour le juste au jour de la souffrance,

Son souffle pur et doux fait voguer l'espérance,

Et son esprit encore est porté sur les eaux.

Déjà l'Arche apparoît sur l'humide chaos ;

Un homme veille et prie au sommet de l'orage;

Et par la Foi le monde est sauvé du naufrage.

~~~~~~

LE PÉLERIN.

Ozano appena d'inalzar la vista
Ver la città, di Christo albergo eletto,
Dove mori, dove sepolto fue,
Dove poi rivesti le membra sue.
<div align="right">La Gerusalemme lib., <i>canto III.</i></div>

Salut, terre sacrée, antique Palestine,

Religieux dépôt de la Grâce divine;

Tes champs abandonnés, tes arides sillons,

Fournissent pour la Foi d'abondantes moissons.

Jourdain, fleuve pieux, déroule-moi ton onde

Où l'on vit s'opérer le baptême du monde.

Le chrétien, sur la terre altéré voyageur,

De tes paisibles eaux savoure la douceur.

Ici, l'infortuné que le remords opprime,

Vient expier l'erreur ou se laver d'un crime.

Ici, le fier mortel qu'éblouit son destin,
Vient déposer le soir la pompe du matin.

Sous le saint horison que l'Église révère,
Cache ton front sanglant, montagne du Calvaire!
Assez, à ton aspect, doivent couler de pleurs;
Dérobe à mes regards d'immortelles douleurs !
Je venois m'égarer près de l'humble chaumière
Où de l'œil d'un enfant a jailli la lumière.
Vers la route inconnue, un son harmonieux
Sur de flexibles joncs arrête ici mes yeux.
Est-ce donc ce réduit obcur et solitaire,
Qui jadis renfermoit le maître de la terre ?
Je cherche le berceau des Anges caressé,
Et l'indigente paille où ce Dieu fut placé!
Auguste pauvreté, quand le monde t'abaisse,
Rejette en son néant l'orgueilleuse richesse;
Vois quel lange grossier a captivé ces mains
Qui ferment les enfers et sauvent les humains!
Inconcevable don, mystérieuse enfance!
O terre de l'exil, terre de l'espérance!
O décrets du Seigneur, si terribles, si doux !
Le cœur qui vous comprend est troublé devant vous.

Mais le Dieu reparoît tout brillant de jeunesse;
Il confond des docteurs l'orgueilleuse sagesse;
Je crois entendre, au temple, une puissante voix:
Jérusalem sourit à de nouvelles lois;
La vérité descend comme une douce aurore,
Je vois la Charité sur ses lèvres éclore!
Quelle femme éplorée ose arrêter ses pas?
La pierre va frapper, et lancer le trépas :
La justice de l'homme a dicté la sentence,
Mais le Dieu ne voulut qu'enseigner la clémence;
Et celui qui créa la foible humanité,
Mesure le pardon à la fragilité.
Sa voix a suspendu la redoutable pierre;
Quel bras audacieux eût jeté la première?
Ce long voile du cœur est enfin arraché,
Sous les regards de Dieu, quel homme est sans péché ?

Ici l'onde se brise et la foudre s'apprête;
L'Apôtre s'épouvante aux cris de la tempête;
Mais le Dieu qui conserve un sublime repos,
Pour apaiser les vents, a marché sur les flots.

Du pain miraculeux la pesante corbeille,
Et ce vin que jamais n'avoit mûri la treille,
Cette tendre amitié qui réveille les morts,
Ces trois lugubres chants et ce soudain remords,
Tout m'apparoît encor, et, par un saint prestige,
La Foi vient à mes yeux recréer le prodige.
Au céleste jardin quel espoir me conduit?
Sous le vaste olivier quelle profonde nuit!
Sur d'antiques rameaux, une épaisse verdure
Atteste le pouvoir qui dompte la nature.
Ces immuables troncs qui triomphent du temps,
Sont restés de la Foi les sacrés monumens.
Sous l'inflexible tige où chaque siècle passe,
Je veux d'un pied divin retrouver quelque trace.
J'évoque un seul rayon, mes vœux sont superflus,
La lumière du ciel n'y pénétrera plus :
Mais un Ange l'habite, et sa main qui s'incline
Rajeunit de ces bois la féconde racine.

Toi qui soutins un Dieu dans ce jour solennel
Où des douleurs d'un fils tressaillit l'Éternel!
Redis-moi ces soupirs, cette mortelle atteinte,
Cette amère agonie et cette douce plainte,

6

Quand ce Dieu, succombant sous notre iniquité,
Repoussa le calice à l'homme présenté.

J'avance et je frémis; quels nuages funèbres
Élèvent jusqu'au ciel leurs immenses ténèbres?
Le soleil étonné recule à cet aspect
Et voile sa lumière avec un saint respect;
Le temps est arrêté, l'éternité s'élance,
Les Anges sont assis dans un triste silence;
De leurs pâles flambeaux l'éclat mystérieux
Sur un sépulcre ouvert me révèle les cieux!

Irai-je contempler, à l'ombre de sa gloire,
D'une vivante mort l'ineffable victoire?
Nul mortel ne franchit l'inpénétrable seuil,
Et mon cœur abattu veut recueillir son deuil.

Ne nous éloignons plus de ce muet espace;
Sur la terre promise il me faut une place.
Du pauvre pélerin que le corps ignoré
Repose près du Dieu qu'il avoit adoré.

LES CATACOMBES,

OU LE JOUR DES MORTS.

> In mortuum produc lacrymas et quasi
> dira passus incipe plorare, et secundum
> judicium contege corpus illius; et non
> despicies sepulturam illius.
>
> ECCLESIAST., *c. XXXVIII.*

QUEL lamentable bruit retentit dans les airs,
Et quel voile de deuil pèse sur l'univers!
Réveillant les douleurs que la nuit vient suspendre,
La cloche matinale au loin se fait entendre :
Ses repos mesurés et ses longs tintemens,
Emblêmes de la mort, sont l'image du temps.
Elle annonce aux mortels une lugubre fête;
Chacun sur une tombe en soupirant s'arrête :

L'homme y voit de ses jours l'inévitable écueil;
Et la terre gémit sur un vaste cercueil.

Mais un pâle cortège a percé les ténèbres
Qui couvrent du trépas les demeures funèbres.....
Quelle main, soulevant les bornes du tombeau,
D'un peuple qui n'est plus peuple un monde nouveau?
La mort étale ici sa pompe meurtrière;
Elle oppose à la vie une immense barrière;
Et même, aux sombres lieux où son pouvoir s'étend,
Montre l'homme infini jusque dans son néant.

O vous qui, dans le trouble et dans l'inquiétude,
Faites de vos plaisirs votre seule habitude,
Venez et contemplez ces nombreux ossemens,
D'un mobile destin tranquilles monumens.
Ici gît des François la déplorable race,
Ici la même poudre offre la même trace.
La mort, dépouillant tout d'un éclat emprunté,
Égalise le rang, la force et la beauté.
Au large réservoir où chaque âge s'écoule,
Près du pauvre, le riche est jeté dans la foule.

Conquérant, orgueilleux de tes sanglants exploits,
Toi-même obéiras à d'inflexibles lois.

Sous ce crêpe léger, quelle vierge timide
A visiter ces lieux aujourd'hui se décide,
Abandonne à regret la lumière des cieux
Et trouble ici du temps le cours silencieux?
La rose, par degrés, sur ses lèvres s'efface:
Elle voit de la mort le redoutable espace,
Regrette son matin à peine commencé
Et voudroit, en fuyant, retrouver le passé.

Un mortel, égaré sur cette route sombre,
Des victimes du temps cherche à grossir le nombre;
Et, contre la terreur fort de son désespoir,
Vient braver de la mort l'indomptable pouvoir.
Il vient, trop dédaigneux du présent de la vie,
Exhaler les chagrins dont elle est poursuivie,
Et, dans ses passions prompt à se consumer,
Atteindre ici le point qui doit le renfermer.
Son avide regard, sur l'arène stérile,
Découvre sans effroi tout ce peuple immobile

Qui, séparé du temps qu'on ne peut ressaisir
Dans un triste repos traverse l'avenir.

Un enfant près de lui, sur la froide poussière,
Imprime de ses pas une trace légère;
Et, foulant ses aïeux que la mort a surpris,
Caresse en se jouant leurs antiques débris.

Mais un son qui frémit sous la voûte muette,
Par l'écho souterrain lentement se répète;
Du concert de la mort c'est l'hymne solennel,
Et du Dieu des mourans on découvre l'autel.
Ces pilastres, ces murs dépouilles funéraires,
Sous les tremblans parvis ces vastes reliquaires,
Ces corps, par notre culte à la mort consacrés,
Que la terre a vomis de ses flancs déchirés,
Cette croix qui décore une insensible pierre,
Ces mortels recueillis, cette longue prière,
Et du temple divin la sombre majesté,
Tout aux portes du temps montre l'éternité.
C'est là qu'un saint vieillard, qu'affermit sa doctrine,
Vers la mort qu'il attend pieusement s'incline;

Sur les flots de la vie, austère voyageur,
C'est au céleste port qu'il dirige son cœur;
L'espérance et l'amour ont dissipé sa crainte,
L'ardente charité sur son front est empreinte,
C'est l'Ange des tombeaux : sa tranquille ferveur
Montre le ciel au juste et la Croix au pécheur.
De l'homme qui n'est plus interrogeant la cendre,
Aux foiblesses du cœur il daigne condescendre.
Ces regrets, ces soupirs, ces inutiles pleurs,
Attestant de la mort les récentes douleurs;
Le rapide moment qui renferme la vie,
Le temps mystérieux, dont sa perte est suivie;
Ce coup toujours prochain et toujours imprévu;
Ce premier jugement où l'âme a comparu;
Tant d'espoir de salut, et tant d'incertude,
Ont troublé de son cœur la sainte quiétude;
Méditant de la mort les rigoureux décrets,
Il voudroit sur lui seul en épuiser les traits.

Et lorsque du trépas cette fatale image
Intimide le juste, épouvante le sage,
Que les mortels unis d'une chaste amitié,
Expirent doublement dans une autre moitié,

Pour fermer, par la Foi, des blessures trop vives,
Il montre du Jourdain les gémissantes rives;
L'Apôtre bien-aimé, pleurant dans le saint lieu
Son maître, son ami, son Sauveur et son Dieu.

Il redit les douleurs d'une céleste mère :
Immobile, elle pleure au sommet du Calvaire,
Lorsque l'astre du jour éteignant son flambeau,
N'osoit du Dieu vivant éclairer le tombeau.

Ranimant du chrétien la force qui chancelle,
Il promet au malheur une palme immortelle;
Le secret des douleurs est enfin révélé :
Heureux celui qui pleure, il sera consolé!.....

Sa tête s'est penchée et sa voix s'est éteinte :
Son âme, de la vie, à peine sent l'atteinte :
Se contemplant lui-même à son dernier moment,
Il nous peint de la mort le doux enchantement,
L'ineffable sommeil où l'âme recueillie,
Se repose du monde et pour jamais l'oublie;

Et, par un saint réveil à la félicité,
Accomplit dans le ciel son immortalité.

La vierge, en l'écoutant, pleure et cesse de craindre;
L'homme bénit sa peine et n'ose plus s'en plaindre;
L'enfant même, poussé par un instinct pieux,
Étend ses faibles bras vers le prêtre et les cieux.

Mais tous ont lentement regagné la lumière;
Bientôt ils reviendront sous l'humide carrière,
De leurs jours, condamnés à de nombreux travaux,
Au sein de l'Éternel déposer tous les maux.

www

LE CONVOI DU PAUVRE.

Ò mors, bonum est judicium
tuum homini indigenti.

ECCLESIAST., *cap. LXI.*

La pompe qui du riche annonce l'opulence,
Ne sauroit de la mort cacher la nudité;
Mais quel pieux respect impose son silence,
Lorsqu'elle m'apparoît dans son humilité!
Ce paisible convoi qui sans faste s'avance
Révèle du malheur la sainte obscurité;
Et le Seigneur ici, par sa seule présence,
Rétablit les chrétiens dans leur égalité.

Ce pauvre a succombé sous la longue torture,
Sous le cruel effort d'un travail journalier;

Sans relâche on le vit tourmenter la nature,

Sans retrouver le soir un toit hospitalier;

Son salaire a réglé sa foible nourriture;

Souvent il a manqué de force et non de cœur;

Et sa bouche pieuse ignora le murmure.

Ah! qu'il dorme aujourd'hui dans la paix du Seigneur!

Qui diroit les rigueurs d'une même abstinence

Dont il a déguisé les secrètes douleurs;

Lorsque, pour soutenir sa chétive existence,

Il rompt le pain durci qu'avoient mouillé ses pleurs?

Il n'a point d'un bienfait réclamé l'assistance

Et du riche distrait mendié la faveur;

Pour achever du temps la triste pénitence,

Il n'implora jamais que les soins du Seigneur.

L'espérance soutint sa foi pure et naïve :

En portant une croix que Dieu même a porté,

Il disoit au Seigneur : « Que votre règne arrive,

» Que mon cœur soit soumis à votre volonté. »

Sans doute que la mort lui parut trop tardive,

Qu'il la vit approcher sans trouble, sans frayeur;

Qu'il dut à son malheur une ferveur plus vive,

Et s'endormit en paix dans le sein du Seigneur.

Il vient de terminer sa pénible carrière
Et le Seigneur encor fut son unique ami.
Un ministre de paix a fermé sa paupière,
Et pleure sur la paille où ce pauvre a gémi.
Lui seul vient le conduire à sa place dernière,
Et d'un hymne pieux honore son malheur :
Et lui seul, en passant, bénira la poussière
De ce chrétien qui dort dans la paix du Seigneur.

~~~~~~

LA LOI DIVINE.

> Finis autem præcepti est charitas
> de corde puro, et conscientia bona
> et fide non ficta.
>
> S. Pauli ad Timot., *c. I.*

La loi, fille du ciel et reine de la terre,
Unit d'un nœud sacré l'homme et la vérité.
Elle imprime à notre âme un pieux caractère
Et nourrit des Vertus la douce trinité.
C'est la voix du Seigneur, c'est sa parole écrite;
C'est l'Esprit éternel au temps manifesté,
Qui soumet la nature à la règle prescrite,
Et s'oppose en secret à sa fragilité.
Sa sainte résistance, à l'homme salutaire,
Tient sous des fers divins notre esprit attaché :
Son sublime compas marque la ligne austère,
Où le désir s'arrête en face du péché.

Dans la lutte d'un jour où l'enfer nous défie,

Et ce grand lendemain de l'immortalité,

C'est elle qui nous juge, et la Foi justifie;

Elle embrasse le temps comme l'éternité.

LA CRÉATION DE LA FEMME.

> Sole partner, and sole part, of all these joys,
> Dearer thyself than all; needs must the power
> That made us, and for us this ample vorld,
> Be infinitely good, and of his good
> As liberal and free as infinite.
>
> PARAD. LOST., *B. IV.*

QUAND le Dieu que révèle un éternel génie,

Eut ordonné des cieux la brillante harmonie,

Des êtres gradué l'échelle et le destin,

Créé le mouvement et la vie et l'instinct;

Il fit couler du temps le fleuve sans rivage,

Et par l'homme il voulut couronner son ouvrage.

Déjà l'univers flotte et lève un front serein,

Mais son trône encor vide attend un souverain.

De ce monde naissant, consacrant la poussière,
Dieu fit l'homme : il parut dans sa grâce première.
Le Seigneur, à l'aspect du premier des humains,
Applaudit à l'ouvrage échappé de ses mains.
Par un souffle divin il anima son être;
Il le fit de son sort et l'esclave et le maître,
Imprima sur son front sa douce majesté,
Et dévoua sa vie à l'immortalité.

Mais l'homme se trouvoit étranger sur la terre :
Il se crut moins heureux tant qu'il fut solitaire,
Et parut s'ennuyer d'un tranquille loisir.
Dieu voulut l'exaucer dans son premier désir.
Adam s'endort; bientôt un songe lui présente,
D'un objet merveilleux, la forme ravissante;
Tandis que sans douleur son flanc se déchiroit,
La nature sourit et la femme apparoît.
Du rayon le plus doux de l'éternelle flamme,
Dieu fit au même instant étinceler son âme ;
Et la femme, du ciel complaisante faveur,
Ouvrit alors des yeux ou brilloit la ferveur.
Son âme dans la vie est à peine élancée,
Qu'elle élève vers Dieu sa première pensée.

Qui peindroit dans sa fleur ce pieux sentiment,
D'une âme neuve encor sublime épanchement;
Cet amour, dégagé d'espérance et de crainte,
Qui conserve du ciel une si vive empreinte;
Ce premier battement, ces prémices d'un cœur
Qui semble s'éveiller à la voix du Seigneur;
Et son émotion, quand des flots de lumière
Viennent, sans la blesser, inonder sa paupière!
Quand, parfumant les airs, d'harmonieux esprits
Font sous ses premiers pas éclore un paradis!
Lorsque l'Ange, qui doit en soigner la culture,
Lui cueille de l'Éden la douce nourriture,
Et que son Créateur en lui dictant sa loi,
Lui donne l'univers et réveille son roi!

O femme, dont la Foi constate l'origine,
Recèle de la Grâce une source divine;
Le saint fruit de la mort, que ta bouche a goûté,
Nous échange le temps contre l'éternité.
Le Seigneur magnifique accomplit sa promesse:
Il bénit de ton sein l'ineffable richesse.
Dépeuple les enfers par ta fécondité,
Sois mère des humains dans ta virginité.

Si ta main, des mortels a semé les alarmes,

Vase d'élection, tu sécheras nos larmes.

Tu dois, par un destin fatal et glorieux,

Perdre le paradis, et conquérir les cieux.

L'ASSOMPTION.

Cunctis cœlestibus celsior una
Solo facta minor, virgo, tonante,
ASSOMP. CARMEN.

CONTEMPLEZ cette femme au sublime regard,
Qui plane vers Sion et bénit ce rempart !
Son pied sur les enfers signale sa victoire ;
Son front a rayonné d'une éternelle gloire ;
Ce corps si pur échappe aux entraves du temps,
Comme un souffle léger qu'exhale un doux printemps.
L'Archange qui d'un Dieu lui porta le message,
Lui trace vers son fils un céleste passage :
Il sème l'horison des plus tendres couleurs,
Jette au sein des éclairs des nuages de fleurs,
Ouvre de l'infini l'invisible barrière,
Dans le vide éclatant prolonge sa carrière ;

Son aile fait jaillir, par de saints mouvements,
Sur d'antiques soleils de nouveaux firmaments.
Les Anges, descendus sur les brillantes plaines,
De couronnes de lys forment de longues chaînes,
Et ces divins esprits, dans l'espace arrêtés,
Semblent un océan d'innombrables clartés.
Mais des astres sans fin le cours inaltérable
Révèle du Très-Haut le séjour ineffable ;
Et la blanche colombe, au vol mystérieux,
Fait pénétrer Marie à la droite des cieux.

Cette Vierge sans tache à la terre est ravie ;
On la voit dépasser les portes de la vie :
Mais son ombre sacrée habite parmi nous,
Et rend la Foi plus vive et les regrets plus doux.
Souvent le nautonnier, dans l'horreur du naufrage,
A cru l'apercevoir dans le sein d'un nuage ;
Il triomphe des flots, et, vainqueur de la mort,
Pour célébrer Marie il rentr'edans le port.

Le captif qui le soir lentement se promène,
Croit la voir près de lui qui soulève sa chaîne,

Et, lorsqu'il a touché le foyer paternel,
Pour encenser Marie il élève un autel.

Comme un saint talisman on porte son image;
On fait en son honneur un doux pélerinage.
On croit que son nom seul peut sécher tous les pleurs,
Que même son tombeau n'enferma que des fleurs.

Le guerrier qui l'invoque au fort de la bataille,
La retrouve, en passant, sous la vieille muraille :
La femme dont la guerre a moissonné l'espoir,
Lui demande son fils et pense le revoir.
Cette Vierge à ses pleurs semble s'être attendrie;
Son âme croit entendre un soupir de Marie :
Elle écoute gémir une touchante voix,
Et sa douleur se tait à l'aspect de la Croix.

Sous la roche isolée, au pieux hermitage,
Sur la fontaine obscure et sous l'épais feuillage,
Partout où le chrétien a dirigé ses pas,
Dans l'éclat de la vie, à l'ombre du trépas,

De la miséricorde elle est toujours l'emblême :

C'est d'elle qu'on attend une grâce suprême.

Dès que l'aube, au matin, décèle son retour,

Que des feux plus ardens ont partagé le jour,

Quand la nuit va fermer le sombre monastère,

On entend retentir la cloche solitaire,

Et le son répété sur mille points divers,

Pour saluer Marie, avertit l'univers.

~~~~~~

CAÏN ET LUCIFER.

> These two are brethren . . . . . .
> . . . . . th' unjust the just hath slain,
> For envy that is brother's offering found
> .From heav'n acceptance.
>
> PARADISE LOST, *B. VIII.*

Sur la montagne vierge et couverte de fleurs,

Dont un jeune soleil émaille les couleurs,

Un mortel s'est montré comme un triste présage,

Et la terre à regret a marqué son passage.

Ces légers habitants de la douce vapeur

Que parfumoit encor le souffle du Seigneur,

Des airs adolescents abandonnent l'espace;

L'espoir de la nature à son aspect s'efface;

Solitaire du monde et cherchant un appui,

Caïn, sombre et pensif, dévore son ennui.

Son œil, du Créateur examine l'ouvrage,
Et son cœur se remplit d'une invincible rage;
Son pied retentissant semble presser l'enfer,
Trois fois son âme impie invoque Lucifer.

L'esprit qui des démons conduit toujours l'armée,
Abaisse sur sa tête une nue enflammée;
Sous l'éclat effacé d'un messager des Cieux
Le formidable Archange apparoît à ses yeux.

Caïn sent à sa vue une secrète joie,
Sa haine déguisée aussitôt se déploie;
Il admire l'Archange, espère son secours,
Et croit à ses destins ouvrir un nouveau cours.
Il aime à contempler cette grandeur farouche,
La perfide ironie éclose sur sa bouche,
Le sympathique feu de ses perçants regards,
Et les pâles rayons sur ses ailes épars.

« Esprit compatissant qui visites l'enceinte
» Où long-temps j'exhalai mon inutile plainte,

» Apprends-moi, lui dit-il, comment on peut lutter

» Contre un Dieu que je fuis et ne peux éviter ?

» Déshérité du Ciel que j'envie et j'abhorre,

» Je déteste le jour qu'il faudra perdre encore,

» Et ne puis supporter l'avilissant fardeau

» D'ensemencer la terre où sera mon tombeau.

» Quelque chose de grand me tourmente et m'anime,

» Et des fautes d'autrui misérable victime,

» Mon regard, sur l'Eden trop souvent arrêté,

» Lui redemande encor son immortalité.

» Ma main cherche toujours ce fruit dont la science

» M'a donné de la mort l'austère prévoyance,

» Et qui, sur mon destin m'éclairant à demi,

» Fait de mon propre cœur mon superbe ennemi.

» Par d'immenses désirs absent de la nature,

» La vie est à mes yeux une amère imposture;

» Fuyant l'étroit plaisir d'un indigne séjour,

» Je repousse le sein qui m'a donné le jour.

» Et quand je vois le Dieu que ma bouche blasphême,

» Ceindre du firmament le brillant diadême,

» Comparant ma bassesse avec sa majesté,

» Mon destin si fragile et son éternité,

» Son bonheur glorieux et mon humble existence,

» Sa bonté fugitive et ma longue souffrance,

» Mon cœur, brisant le joug qu'il semble appesantir,

» Ne pouvant l'égaler voudroit l'anéantir.

» Alors, contre lui-même irritant mon courage,

» Je provoque la foudre et j'invoque l'orage.

» J'aime à voir déchirer les célestes lambris,

» A saisir de ma main de funestes débris;

» J'aime de l'ouragan la fureur éclatante,

» J'aime à fendre les eaux sur la vague écumante,

» Ou bien, m'abandonnant à des flots turbulents,

» A suivre dans leur cours de rapides torrents;

» Et sitôt que des cieux la lumière sommeille,

» Seul avec ma douleur, qui dans l'ombre s'éveille,

» J'aime dans le désert, sous la profonde nuit,

» A disputer au tigre un horrible réduit.

» Mais quelquefois aussi, rêvant ma délivrance,

» Je cherche dans mon cœur une frêle espérance,

» Et je vois, comme un songe à mes yeux présenté,

» Dans un vague lointain quelque félicité.

» Mais ce bonheur sans forme et qu'on ne peut dépeindre,

» Devant moi paroît fuir et je ne puis l'atteindre.

»Mon cœur désabusé, qui crut l'apercevoir,

» Rentré dans son malheur sent mieux le désespoir.

» Un jour, par un caprice étrange, inexplicable,

» J'allai sacrifier à ce maître implacable ;

» Et tandis que d'Abel il savoure l'encens,

» Un tourbillon de flamme écarte mes présens.

» Depuis ce jour affreux j'ai cessé de rien craindre ;

» Troublé d'un noir transport que je ne puis contraindre,

» Abel comme un fardeau pèse au fond de mon cœur ;

» Je le hais encor plus qu'il n'aime le Seigneur.

» Quand je vois en passant les Anges lui sourire,

» Ma main voudroit souiller l'air si pur qu'il respire,

» Et son œil, qui du ciel retrace la couleur,

» En s'arrêtant sur moi redouble mon malheur.

» Lorsqu'à son Dieu cruel il va pour rendre grâce,

» Un désir inconnu me guide sur sa trace ;

» Je ne sais quel fantôme, en me glaçant d'effroi,

» Vient alors se placer entre mon frère et moi !

» Tu vois quel est le cœur du premier né de l'homme,

» Et l'exécrable effet d'une fatale pomme ;

» Ah ! sans doute, aussitôt que son cœur fut tenté,

» Dans ses flancs malheureux ma mère m'a porté.

» Mais défiant le Ciel d'accroître mon supplice,

» Je cherche à mon courroux un illustre complice.

» Ennemi de ce Dieu, toi qui fus son rival,

» Si je renonce à lui, que je sois ton égal.

» Je veux, en partageant ta force et ta puissance,

» De l'être qui m'opprime examiner l'essence,

» Par un rapide essor me soumettre les airs,

». Habiter comme toi le séjour des éclairs,

» Pénétrer d'un regard l'abîme de l'espace,

» Et de ces nouveaux cieux mesurer la surface;

» Je veux enfin étendre ou borner mon destin,

» Je veux être Satan ou bien rester Caïn. »

L'Archange astucieux qui l'écoute et l'inspire,

Applaudit au mortel qui fonde son empire;

Il observe d'Adam l'orgueilleux héritier

Qui semble à son pouvoir se livrer tout entier.

« Rejeton de la femme, enfant de la poussière,

» Qui voudrois t'égaler aux fils de la lumière,

» Ton audace me plaît; j'ai nourri ta fierté,

» Les esprits du désert t'ont souvent visité.

» Au berceau, dans ton sein je plaçai mon image;

» Mon regard attentif accueillit ton hommage;

» Ton cœur sans le savoir m'élevoit un autel,

» Et c'est ma volonté qui te rend immortel.

» Viens, transfuge du Ciel, viens partager ma gloire,

» De ton Dieu tyrannique efface la mémoire.

» Mes domaines sont grands, tu sauras les peupler,

» Pour marcher mon égal il faudra m'égaler.

» A mon culte sanglant initiant la terre,

» Accomplis de ton sort le terrible mystère :

» Viens, celui que j'adopte abjurant la pitié,

» Ne peut être coupable et barbare à moitié.

» Trop long-temps des tombeaux la reine vagabonde,

» Incertaine, s'arrête aux limites du monde :

» Conquérante du temps, et conquise par toi,

» Viens l'introduire au jour et m'assurer ta foi ».

Il dit : et sur la terre il évoque le crime,

Sous les pas de Caïn il soulève l'abîme,

Sur d'horribles serpens il trace son chemin.

D'un inflexible bois lui-même arme sa main;

Sur un trône de deuil que la foudre environne,

La mort se précipite et l'enfer la couronne;

Déjà le sang du juste a coulé sur l'autel,

Et la terre en tremblant couvre un premier mortel.

ABEL.

Et propter quid occidit eum ?
Quoniam opera ejus maligna
erant ; fratris autem ejus, justa.

S. JOANN., *c. III*.

Pour offrir au Seigneur de nouvelles prémices,
Abel a rassemblé ses timides brebis ;
Le soir il conduisoit l'agneau des sacrifices,
Et son troupeau paissait tout près du Paradis.

Devant les fils du ciel, le fils d'Adam s'incline ;
Il se mêle sans crainte à la troupe divine,
Et le premier pasteur, au sein des bienheureux,
Apparoît leur égal, sachant aimer comme eux.

Son cœur, qui d'aimer Dieu s'est fait une habitude,
Ne peut goûter sans lui nulle béatitude:
Et c'est Dieu qu'il respire au calice des fleurs;
C'est Dieu qu'il voit empreint dans leurs tendres couleurs;
Sur ce fleuve d'azur il a vu son passage;
C'est lui qu'il voit flotter dans le sein d'un nuage;
C'est sa voix qu'il entend dans l'écho solennel;
Partout il voit, il cherche, il touche l'Éternel.
Et lorsque l'univers, dans sa magnificence,
Entonne l'hymne saint de la reconnoissance;
Quand l'abîme des eaux murmure sa grandeur,
Que les cieux à la terre annoncent sa splendeur,
Dans ce vaste concert d'amour et de louanges,
Abel mêle sa voix à la voix des Archanges.
Son cœur, dans un transport qu'il ne peut contenir,
Par chaque mouvement semble aimer et bénir.

Déjà du sacrifice il tresse la guirlande,
Et couronne l'agneau, mystérieuse offrande;
Incliné sur l'autel, ce long recueillement
Est encor de l'amour un vif épanchement.
Son âme, qui paroît s'isoler de la vie,
Prépare de ses sens la douce léthargie.

Il semble qu'enchanté sous un divin sommeil,

La terre ne peut plus accomplir son réveil.

Caïn paroît!... la nuit tend ses ailes funèbres,

Et le juste, ignorant le crime et le malheur,

A passé sans effroi, plongé dans les ténèbres,

Du repos de la terre au repos du Seigneur.

~~~~~~

LE TOMBEAU D'ABEL.

Prima mors, primi parentes,
primus luctus.

Dans ce tendre univers si riant et si beau,
Où partout de la vie éclate le flambeau,
Dont le sein resplendit de fraîcheur, de jeunesse,
Où la nature étale une douce richesse ;
Si près de son berceau, quel précoce cercueil
A marqué sur des fleurs la naissance du deuil ?
Seroit-ce un criminel dormant sous la poussière ?
Non, souvent la vertu succombe la première.
Le temps comme un trésor au juste est présenté :
De ses jours tous remplis chaque instant est compté.
Tandis que, du pécheur ajournant la sentence,
Dieu permet que du temps vienne la pénitence.

8

Ce pasteur angélique, au bonheur arraché,

Comme un fruit déjà mûr du monde détaché,

Que la nuit environne et que la terre presse,

N'avoit jamais connu qu'une sainte tendresse.

Ignoré de l'enfer, et du ciel aperçu,

Son souffle sortit pur comme il l'avoit reçu.

Son destin fut celui de la fleur passagère;

Il traversa le temps d'une course légère.

Près du premier tombeau qui renferme un mortel,

Un homme est appuyé des débris d'un autel.

Quel maintien imposant, quelle noble attitude !

Ce front qui semble fait pour la béatitude,

De cendre tout couvert, est plein de majesté.

Qu'il paroît grand encor, dans son humilité !

Dans son cœur déchiré, quelle vaste blessure!

Quel immense linceul son repentir mesure,

Lorsqu'au sein de la mort, recueillant ses esprits,

Il voit son bras fatal abattre tous ses fils;

Quand son œil, qui pénètre à travers tous les âges,

Suit, des mânes futurs, les vivantes images,

En pleurant des mortels le fugitif essaim,

Dont il est à la fois le père et l'assassin !

Mais son âme pieuse accepte la souffrance :

Sa volonté soumise accueille l'espérance,

Et son mâle courage oppose dans son cœur
Une vertu sublime à l'excès du malheur.
Une peine plus tendre émeut encor mon âme,
Et mon regard frémit en voyant cette femme :
Sa douleur immobile et qu'on n'ose troubler
Nous dit qu'il est des maux qu'on ne peut consoler;
Cette bouche où se glace une foible prière,
Le sombre mouvement de sa lente paupière,
Cet œil si doux encor où la mort a passé,
Sur un funèbre point obstinément fixé;
Ce cœur qui, soulevant sa tristesse profonde,
Paroît y renfermer tous les regrets du monde;
Sous le poids de son deuil cet esprit abattu
Qui succombe au malheur sans l'avoir combattu;
Une main qui toujours, sur la terre penchée,
Veut détacher une ombre au cercueil attachée;
Son âme suspendue écoutant le trépas,
Qui distingue un soupir, croit entendre des pas,
Triste erreur de ses sens, illusion amère,
Tout dans cette douleur me révèle une mère !

Le jour franchit trois fois les limites des cieux,
La nuit lance trois fois son char mystérieux,

Depuis que le chagrin sonnant une même heure,
Lui fait, de ce tombeau, son unique demeure.
Son cœur est étranger même à son désespoir :
Elle souffre, gémit, pleure sans le savoir.

Vous, dont l'âme reçut une atteinte suprême,
Compagnes de son sort, vous qui souffrez de même,
Pleurez, de cette femme assise à ce tombeau,
Le malheur plus aigu quand il fut plus nouveau.
Si sa main, de la vie, éteignit la lumière,
Ève, dans la douleur, vient d'entrer la première,
Et le ciel ne put voir, sans en être touché,
Le remords le plus grand qu'ait produit le péché.

Ah! si le pâle jour de la mélancolie,
Des fers du désespoir doucement la délie,
On la verra toujours méditer ses regrets,
Traverser à pas lents l'épaisseur des forêts;
Dans la même douleur, calme et silencieuse,
Poursuivre de son fils une trace pieuse,
Couronner de cyprès ses timides agneaux,
Aux lieux accoutumés conduire ses troupeaux;

Dans la fleur qu'il aimoit, retrouver quelque charme,

L'arroser, en passant, d'une furtive larme;

Chercher toujours son ombre aux lisières des bois,

Et dans la voix d'un Ange entendre encor sa voix

LE RÉDEMPTEUR.

Pro omnibus mortuus est Christus :
ut, et qui vivunt, jam non sibi vivant,
sed ei qui pro ipsis mortuus est et re-
surrexit.

II. Ad. Corinth., *c. V.*

Quand l'instant qui du juste hâte la délivrance,
Vient surprendre un chrétien esclave de l'erreur,
Son âme sans appui, d'où s'enfuit l'espérance,
  Se remplit de terreur.

D'inflexibles remords augmentent sa souffrance;
Son esprit incertain flotte au gré des douleurs,
Et son œil, où déjà se glacent quelques larmes,
  N'a point vu d'autres pleurs.

Il cherche en vain celui dont la voix prophétique,
Des liens du péché peut dégager la mort :
Privé de l'huile sainte et d'un doux viatique,
Il termine son sort.

Mais la Grâce qui veille une âme délaissée,
Plane sur ce chrétien que l'enfer va saisir,
Et lui révèle un Dieu qui, sondant la pensée,
Tient compte d'un désir.

Le Sauveur apparoît à sa foible paupière,
Sous le nuage épais qui vient l'appesantir:
Il lui remet son âme, et sa courte prière
Consomme un repentir.

Ame, que Jésus-Christ guide vers l'autre monde,
Suis la route sacrée ouverte pour la Foi !
Va, que ton Rédempteur à ton juge réponde,
Et qu'il paye pour toi !

Au tribunal des cieux, quand tu dois comparoître
Sous le long vêtement de ta fragilité,
Dans le sang de l'Agneau ton âme va renaître
Pour l'immortalité.

Si l'Ange accusateur, de sa main solennelle,
Vient peser ton offense aux pieds du roi des rois,
Légère de vertus, la balance éternelle
S'incline sous la Croix.

De la rédemption, ô grand et saint mystère !
Gloire au Verbe fait chair, dont le sang précieux
De son iniquité peut racheter la terre,
Et nous ouvrir les cieux !

~~~~~~

LA SCIENCE DE L'HOMME.

> Væ qui sapientes estis,
> in oculis vestris et eorum
> vobismet ipsis prudentes.
>
> Isaïæ, c. V.

Argile d'un moment, sublime créature,
Homme fragile et fort dans ta double nature,
Être mystérieux par Dieu seul défini,
Ton active pensée aborde l'infini.

Ardent pour conquérir, difficile à soumettre,
Tu sondes les décrets que réserve ton maître;
Mais le ciel les dérobe à ton œil imparfait,
Dieu seul qui fit la cause en mesure l'effet.

Ton esprit voyageur, dans sa sphère suprême,
Prétend tout expliquer et s'ignore lui-même :
Le doute est son savoir, l'erreur est sa clarté;
L'orgueil a-t-il jamais conquis la vérité?

S'il est quelque secret que tu puisses connoître,
Dis l'instant où tu fus, quand tu dois disparoître;
Comment l'âme, du temps traversant le chemin,
Peut unir la matière à son souffle divin?

Dis comment la pensée au cœur se fait entendre;
Comment l'homme connoît ce qu'il ne peut comprendre;
Comment l'âme, du bien dicte en secret la loi,
Et quel organe saint transmet Dieu jusqu'à toi?

Dis, comment de la Grâce on reçoit l'assistance;
Comment l'homme, incertain de sa courte existence,
Peut, céleste aspirant de l'immortalité,
En ignorant son sort, prévoir l'éternité?

Si tu ne peux répondre, abjure ta science;
Fais de l'humilité la douce expérience;
Heureux le cœur plus simple, éclairé par la Foi,
Qui par la charité sait accomplir la loi !

Ce n'est qu'à la vertu que l'homme doit s'instruire;
C'est le trésor caché que rien ne peut détruire;
Passager d'un seul jour aux rives du destin,
Recueille pour le soir les œuvres du matin!

L'AVENIR.

Quid est quod fuit? ipsum quod
futurum est; quid est quod factum
est? ipsum quod faciendum est.

Non est priorum memoria : sed
nec eorum quidem quæ postea futura
sunt erit recordatio apud eos qui
futuri sunt in novissimo.

ECCLESIASTES, *c. I.*

LE temps qui de la vie ouvre le court passage,
Porte aussi de la mort le rapide message :
On diroit qu'abordant toujours l'éternité,
Il marque un premier pas vers l'immortalité.
Quand il fuit sans retour, qu'il naît pour disparoître,
Fragile possesseur d'un seul moment, peut-être,
L'homme si fugitif jusque dans ses douleurs,
Invoque l'avenir, pour sécher quelques pleurs.

Marquant, par un regret, une trace effacée,
Il s'élance en avant d'une même pensée ;
En sondant son destin, il prétend l'agrandir :
Malheureux le mortel qui veut l'aprofondir !

Laissons à l'avenir sa pieuse chimère,
Son trouble passager, son chagrin éphémère :
Que contient-t-il, hélas ! qui puisse nous tenter ?
De son breuvage amer pourquoi vouloir goûter ?
Mais toujours, du bonheur cherchant un doux présage,
L'homme veut le saisir sitôt qu'il l'envisage ;
Et, toujours du présent éprouvant quelque ennui,
Il dévore le temps qui l'entraîne après lui.
Pour éluder la loi qui régit la nature,
Il ose d'un mortel évoquer l'imposture :
O crédule foiblesse ! ô mystère du cœur !
Cet homme qui croit tout a douté du Seigneur.
Pour un art clandestin, quand son esprit s'enflamme,
Des saintes vérités il détourne son âme ;
Et, désintéressé de son propre salut,
En mesurant la vie, il s'écarte du but.
Son cœur, que vers le ciel la Foi n'a pu conduire,
Même, dans un malheur, se plaît à s'introduire ;

Et son regard, distrait du moment obtenu,

Veut percer le nuage où plane l'inconnu;

Inutiles désirs d'une poudre orgueilleuse!

Qui peut prévoir du temps la marche périlleuse?

Le ciel, d'un voile saint, recouvre tous les maux,

Et dans notre ignorance a mis notre repos.

JUDITH.

Et in me ancillâ suâ adimplevit
misericordiam suam, et interfecit
in manu meâ hostem populi sui.
JUDITH, *c. XIII.*

« J'espérais au Seigneur, je méditois sa loi;

» Un Ange du Très-Haut est descendu vers moi;

» Il m'a dit : Lève-toi, le Seigneur te réclame;

» L'étranger doit périr de la main d'une femme.

» J'ai suivi, sans frayeur, le messager des cieux;

» J'ai marché dans la nuit, au flambeau de ses yeux.

» Ce fer frappe l'impie, et moi, foible servante,

» J'ai semé dans son camp l'horreur et l'épouvante.

» Sous le souffle de Dieu tout s'est évanoui ;
» Le conquérant n'est plus, et le vainqueur a fui ;
» L'Ange exterminateur le poursuit de sa lance,
» Et sur l'aile des vents je le vois qui s'élance. »

Ainsi parle Judith aux femmes de Juda,
Aux guerriers accourus des plaines de Maspha.
Tout le peuple sacré vient célébrer sa gloire,
Et proclame son Dieu, le Dieu de la victoire.

Grande dans Israël, humble dans le Seigneur,
Judith d'un vain triomphe a rejeté l'honneur :
Elle fuit, et soumise à son veuvage austère,
Elle cache sa vie et s'abstient de la terre.

Dieu seul prête la force et fonde la vertu :
Si l'homme a triomphé, lui seul a combattu.
Mortels! abaissez-vous, le Seigneur vous l'ordonne;
Laissez la gloire au ciel, si le ciel vous la donne.

LA FILLE DE JEPHTÉ.

Pater mî, si aperuisti os tuum ad Dominum, fac mihi quodcumque pollicitus
es, concessa tibi ultione atque victoria
de hostibus tuis.

JUDICUM, *c. XI.*

Dans les bois d'Israël, religieuse enceinte,
Près du jeune palmier que ses mains ont planté,
Une vierge, exhalant une timide plainte,
Fixe des yeux en pleurs sur le camp de Jephté.
Elle a quinze ans; la vie est un riant mystère
Que son cœur enchanté cherchoit à découvrir.
Pourquoi pleurer le temps, ô fille de la terre?

   Un jour plus tard il faut mourir.

Déjà, de pâles fleurs sa compagne chérie

9

A couronné ce front au Seigneur consacré.
Sa naïve douleur, à la vierge attendrie,
Révèle que l'autel est déjà préparé.
Elle frémit!.... la mort doit lui paroître austère;
Un jour sans lendemain, pour elle vient s'offrir :
Tu déplores ta vie, ô fille de la terre!
   Quand Dieu l'ordonne, il faut mourir.

Bientôt un léger bruit circule dans la plaine;
De ce délai si court les jours sont écoulés;
La vierge, qui retient une tremblante haleine,
Élève vers le ciel ses regards désolés.
Cet hymne de la mort, ce guerrier solitaire
Qui, d'un casque funèbre a voulu se couvrir,
Tout semble t'avertir, ô fille de la terre,
   Qu'aujourd'hui même il faut mourir.

Elle adresse au Seigneur sa fervente prière,
Et Dieu se communique à son cœur abattu.
Son pied, du saint autel a franchi la barrière,
Lorsque l'esprit divin assure sa vertu.

De son pieux courage on vit trembler son père,
Quand la victime pure à son Dieu vint s'offrir
Invoquez le Seigneur, ô filles de la terre!

Lui seul apprend à bien mourir.

L'EUCHARISTIE.

Unus panis, unum corpus, multi sumus omnes qui de uno pane participamus.

ISAÏÆ, *c. II.*

O Verbe ! Fils de Dieu, dont la grâce féconde
Engendre une autre vie et rachète le monde,
Ton céleste présent que la terre a béni
Dévoile à nos regards ton amour infini.

Tu nous léguas ton corps par un serment suprême,
Jurant la vérité, tu juras par toi-même ;
Ta main a consacré ce pain délicieux,
Et dans l'Eucharistie a renfermé les cieux.

Ton pouvoir sur l'autel a voulu se transmettre :
Ici, le Dieu fléchit et l'homme parle en maître.

Un prêtre, émule saint de la Divinité,
Éternise le don que nous fit ta bonté.

O trésor de la Foi! merveilleuse puissance!
Un mortel a conquis ta précieuse essence :
Déjà le pur froment, le vin mystérieux
N'offrent qu'un corps divin et qu'un sang glorieux.

L'Église a préparé son banquet magnifique;
Le juste s'est assis à la table angélique;
Le Pontife, du Ciel ouvre l'étroit chemin,
Et cette blanche hostie a brillé dans sa main.

Viens, chrétien pénitent, qu'un vif espoir t'enflamme,
Reçois le corps sacré qui doit garder ton âme;
Goûte un fruit enchanté que cueille la ferveur;
Bois dans la coupe sainte où jaillit le Sauveur.

Mais l'homme, du Seigneur a senti la présence;
Son âme est retournée aux jours de l'innocence;

Elle s'est embrâsée à cet amour sans fin,
Et paroît tressaillir sous l'ineffable pain.

Le sort des bienheureux au juste se révèle,
Il sent d'un cœur sans tache une vertu nouvelle;
Et semble, vers le ciel doucement emporté,
Échappé du néant, saisir l'éternité.

LA PIÉTÉ.

Itaque regnum immobile susci-
pientes, habemus gratiam; per
quam serviamus placentes Deo,
cum metu et reverentiâ.

S. Pauli ad. Heb., *c. XII.*

Soeur de la vérité, fille de l'innocence,
Céleste sentiment dont le juste est doté,
Tu nourris de la Foi la sainte adolescence
Et fais mûrir du cœur la douce Charité.
Pour un bonheur qui fuit, ta sage indifférence
Révèle pour notre âme une autre volupté.
Du bonheur éternel en offrant l'espérance,
Tu deviens le garant de sa réalité;
Entre l'homme et le Dieu tu remplis la distance,
Par le secret contrat de la Divinité;
Tu fondes du chrétien l'ineffable constance,
Et façonnes son cœur pour l'immortalité.

Lorsqu'enfin le Seigneur, marquant sa délivrance,
Descend l'initier à sa félicité,
Sur la borne sacrée où cesse la souffrance,
Ton dernier mouvement hâte l'éternité.

~~~~~~

LE CERCUEIL DU JUSTE.

Memoria justi cum laudibus : et
nomen impiorum putrescet.

PROV., *c. X.*

Impie, éloigne-toi du sanctuaire auguste
Où la religion proscrit de vains regrets,
Ne viens pas profaner la demeure du juste,
De tes pas indiscrets.

J'aborde avec respect une illustre poussière,
Ce corps fut visité du corps de Jésus-Christ;
Sur cette bouche où vient d'expirer la prière,
Le salut s'est écrit.

Echappant de l'exil, la céleste émigrée
A rompu de la vie un fragile ressort,
Et confie au Seigneur sa dépouille sacrée,
    Conquête de la mort.

Le prêtre consolé verse l'onde mystique,
Pose la Croix divine où Dieu fut attaché;
Et semble repousser de son souffle angélique
    Le souffle du péché.

Que j'aime à contempler la majesté tranquille
De ce juste en repos sous l'abri du Seigneur!
On diroit que la mort est l'heureux domicile
    Où reluit sa grandeur.

Un chant funèbre et doux pénètre cette enceinte,
La Foi mélodieuse accompagne le deuil,
L'Église a réclamé cette relique sainte
    Que saisit le cercueil.

Le pauvre te bénit sur ton char funéraire,

Toi dont la bienfaisance enchantoit sa douleur,

Qui dans l'infortuné voyois toujours un frère,

Et cherchois le malheur.

En vain de la pitié tu fis un long mystère,

Et, d'une double gloire aujourd'hui revêtu,

Tu reçois dans le ciel, et reçois sur la terre,

Le prix de la vertu.

L'ESPÉRANCE.

Et si coram hominibus tormenta
passi sunt, spes eorum immortali-
tate plena est.

SAP., c. III.

QUAND la Foi, du salut montre l'heureux présage,
L'Espérance fleurit et marque son passage.
Près des trônes chrétiens que gouvernent les cieux,
Dans le saint monastère au front silencieux,
Sous le toit pénitent que le plaisir délaisse,
Au temple où la prière incline sa foiblesse,
Sur le roc solitaire où rêve le malheur,
Sur le seuil où la mort a gravé sa pâleur,
Toujours avec la Foi, sous une même aurore,
Croît cette douce fleur que le ciel fait éclore:
Son parfum, qui s'étend sur la nature en pleurs,
Est le baume sacré des terrestres douleurs.

LA MORT.

Oportet enim corruptibile hoc induere
incorruptionem; et mortale hoc induere
immortalitatem.

I. S. Pauli ad. Cor., *c. XV.*

Mystérieuse nuit, dont l'ombre solennelle
Peut seule révéler la lumière éternelle,
Ton éloquent silence excite ma ferveur;
Combien ta vue est chère aux enfans du Seigneur!

Mon cœur s'est élancé vers ton repos suprême;
Sous ton nuage pur j'ai rencontré Dieu même
Qui voulut t'envahir de sa divinité,
Et vint t'associer à l'immortalité.

J'ai cru voir, couronné d'ineffables ténèbres,
Le Sauveur traverser tes demeures funèbres;
Et, de sa sainte main, effaçant tes douleurs,
Consacrer la limite où s'arrêtent les pleurs.

O mort! pieux abri contre de longs orages,
Dévoile du Seigneur les sublimes ouvrages!
Au juste, qui languit dans ce monde insensé,
Ouvre l'heureux chemin où le Christ a passé.

Mais n'est-ce pas ta voix, qui toujours me réclame,
Qui, par un mot divin, intelligible à l'âme,
Pour tenir mon esprit dans le ciel arrêté,
M'a dit le doux secret de ta félicité?

LE JUGEMENT DERNIER.

> Et introïbunt in speluncas petrarum,
> et in voragines terræ, à facie formidinis
> Domini, et à gloriâ majestatis ejus, cùm
> surrexerit percutere terram.
> Isaïæ, *c. II.*

L'astre du jour veut en vain élever
Sur l'horison une clarté dernière;
   Il recommence en tremblant sa carrière
   Qu'on ne verra point achever.
L'étoile, de ses feux brillante avant-courrière,
Contrainte d'obéir à de nouvelles lois,
Du cercle accoutumé franchissant la barrière,
S'égare dans les cieux pour la première fois.
Dans son cours incertain, la lune vagabonde
Semble chercher encor la terre qui la fuit,
Et rentre pour jamais dans l'éternelle nuit.

Cependant les mortels, dans une paix profonde,
Se livroient aux douceurs d'un tranquille sommeil,
Et le ciel par pitié suspendoit leur réveil:
La douce illusion qui berça leur jeunesse,
De son aile de rose un moment les caresse;
D'un riant avenir espérant la faveur,
Pour la dernière fois, ils rêvent le bonheur.

Quel effroyable son a troublé cette joie!
La terre est ébranlée et l'antique chaos
A l'univers tremblant redemande sa proie;
Du fatal jugement l'étendard se déploie,
Un Ange, des mortels a troublé le repos.
Son cri terrible à tous les points du monde
    Va retentir également,
    Et par un long gémissement
La nature y répond, et la foudre qui gronde
Est le premier signal de son dernier moment.

Jusqu'au sein des enfers la trompette éclatante,
Fait pénétrer l'effroi sous sa voûte brûlante,

Accourus à ce bruit, des fantômes sanglants
Reviennent disputer l'univers aux vivants.

Ils viennent, des tombeaux soulevant la poussière,
Demander au trépas leur dépouille première.

Tout embrâsés des feux dont ils sont poursuivis,
Leur sombre désespoir n'exhale point de cris;

Ils savent que du ciel l'inflexible sentence,
Ne leur a plus permis d'implorer sa clémence.

Qui mourut dans le crime et dans l'inimitié,
Doit être sans espoir comme il fut sans pitié.

Cependant des soleils on ne voit plus la trace;
Au milieu des débris, le monde épouvanté
    S'arrête, et dans l'immensité
    N'osera plus chercher l'espace;
    Du foible rayon qui s'efface
    Le souvenir seul est resté.
    Dernier espoir de la nature,
    L'amour finit; plus de fécondité !
    Pleine d'effroi, la triste humanité
    N'attend plus de race future !
Mais lorsque tout s'éteint, même le sentiment,

De la tendresse, ô dernier mouvement !

Une mère, étrangère au monde qui s'écroule,

Sur son cœur palpitant presse encor dans la foule

Le tendre rejeton des dernières amours,

Et, pour lui, du destin veut prolonger le cours :

Enfant infortuné, dont la foible paupière

    Vient de s'ouvrir sans trouver la lumière !

    Vainement du Très-Haut s'allume la fureur,

Le juste sans remords est resté sans terreur.

Son âme, de vertus déjà toute remplie,

De ses liens mortels aisément se délie,

Et la religion, culte mystérieux,

Quand la terre n'est plus, lui déroule les cieux.

De son divin nuage elle sort triomphante,

Se montre également terrible et consolante.

L'insensé, qui de Dieu méconnut les bienfaits,

Le reconnoît trop tard, et le perd pour jamais.

Il invoque la mort : elle plane immobile ;

Sa haine est sans pouvoir, et sa rage stérile.

Pour venger les humains qu'elle a privés du jour,

Sur la tombe du monde elle expire à son tour.

Bientôt de nouveaux cieux, dans leur magnificence,
Couronnent l'étendue, et le Seigneur s'avance.
Les fidèles enfans que l'Église a nourris,
Auprès de l'Éternel, ont reconnu son fils;
Sur son front glorieux éclate la puissance;
Sa Croix, gage sacré d'amour et d'espérance,
Pénétrant l'infini d'une vive clarté,
Est le phare brillant de l'immortalité.

Peindrai-je les transports dont notre âme est saisie,
Quand au bonheur de Dieu cette âme s'associe?
La Foi qui jusqu'ici m'a prêté son flambeau,
Des saintes voluptés me cache le tableau;
De ses divins secrets, le Seigneur est avare.
Mais quel nouveau tourment aux enfers se prépare!
Par un souffle immortel ses feux sont ranimés,
Et tous les criminels pour jamais renfermés.
Le juste en est instruit par un fracas terrible.
A ce fatal arrêt le ciel même est sensible;
Le Sauveur s'en émeut, et son sang précieux
Semble couler encor pour désarmer les cieux;
Et Satan, qui frémit au fond de ses abîmes,
Une seconde fois, renferme ses victimes.

Le chaos sur la terre avoit tout envahi,
Mais le temps reste encor, et lutte contre lui;
Repoussant son rival d'une main formidable,
Appuyé sur lui-même, il paroît immuable.
Mais ce temps qui, toujours inflexible aux mortels,
Sur les temples détruits élevoit ses autels,
Des siècles qu'il domptoit, usurpateur avide,
Des peuples et des rois éternel homicide,
Au gouffre qu'il creusoit est lui-même entraîné;
Sur l'abîme sans fin, il s'arrête incliné,
En mesure l'espace, effrayé d'y descendre,
Résiste à ses décrets, et, forcé de se rendre,
Superbe dans sa chute et toujours indompté,
Commence en finissant l'auguste éternité.

TABLE DES MATIÈRES

ET

TRADUCTION DES ÉPIGRAPHES.

visage, jusqu'à ce que vous retourniez en la terre, car vous en avez été tiré ; en effet, vous êtes poussière et vous retournerez en poussière.

L'Ascension. — P. 33. Porté sur une nuée resplendissante, vous voyez déjà la terre de loin ; Homme-Dieu, vous vous élevez triomphant jusqu'au trône sublime de votre père.

La Pentecôte. — P. 35. Troupe sainte des apôtres et des disciples, portez la parole de Dieu partout où la gloire de votre maître et le salut des âmes vous appellent. Consacrez vos premiers soins à vos frères ; la Judée est le premier champ que vous devez moissonner.

La Messe. — P. 39. Tous les riches de la terre mangeront de son sacrifice, et l'adoreront ; tous se prosterneront devant lui, s'humiliant jusque dans la poussière.

Magdeleine.—P. 44. Parce que la tristesse, qui est selon Dieu, produit, pour le salut, une pénitence stable, au lieu que la tristesse de ce monde produit la mort.

La Mort du Pécheur.—P. 48. On ne lui fera point un crime, parmi les morts, du nombre de ses années, mais de l'abus qu'il en aura fait.

L'Ame Chrétienne.—P. 51. Nous sommes pleins de courage, et nous aimons mieux nous éloigner de ce corps pour habiter avec le Seigneur.

Le Miracle de la Croix. — P. 53. O croix ! signe sacré d'une nouvelle alliance, arche sainte du salut du monde, tu nous as reconduits au port lorsque nous périssions.

La Fète-Dieu. — P. 56. Le Seigneur est le Dieu fort ; il a fait lever sa lumière sur nous ; célébrez cette fête, ornant tout de branches d'arbres, jusqu'aux cornes de l'autel.

Le Prêtre. — P. 61. Les lèvres du prêtre seront les dépositaires de la science, et c'est de sa bouche que l'on doit rechercher la connoissance de la loi, parce qu'il est l'ange du Seigneur des armées.

Le Coeur de Jésus.—P. 64. Soyez pleins de bonté et de compassion les uns envers les autres, vous entre-pardonnant mutuellement, comme Dieu aussi vous a pardonné en Jésus-Christ.

Le Chrétien. — P. 67. La terre s'écroulerait, qu'il resterait sans trouble au milieu de ses ruines.

Le Crucifix.—P. 69. Salut, croix sainte, croix adorée, inondée du sang précieux de J.-C., témoin de ses douleurs, toi qui entendis les paroles suprêmes d'un Dieu mourant!

La Béatitude. — P. 72. Les justes vivront éternellement; le Seigneur leur réserve leur récompense et le Très-Haut a soin d'eux.

Le Déluge. — P. 75. Toutes les sources du grand abîme des eaux furent rompues, et les cataractes du ciel furent ouvertes.

Le Pélerin. — P. 78. Ils osent à peine élever leurs regards vers cette cité que J.-C. avait choisie pour son passage sur cette terre, où il voulut mourir, où il fut enseveli et reprit sa forme mortelle.

Les Catacombes. — P. 83. Répandez vos larmes sur un mort, et pleurez comme un homme qui a reçu une grande plaie; ensevelissez son corps selon la coutume, et ne négligez pas la sépulture.

Le Convoi du Pauvre. — P. 90. O mort! ta sentence est douce à un homme pauvre.

La Loi divine.—P.94. La fin de cette injonction est la charité qui naît d'un cœur pur, d'une bonne conscience et d'une foi sincère.

La Création de la Femme. — P. 95. O mon unique compagne! ô le plus précieux de tous les biens dont je suis entouré! quelle intarissable source de bontés! quelle immensité de puissance dans le Dieu qui nous a créés, et qui a formé pour nous ce vaste univers!

L'Assomption.—P. 99. O Vierge! plus élevée que tous les habitants du céleste séjour, et qui ne vois que Dieu au-dessus de toi!

Caïn et Lucifer. —P. 103. Ces deux hommes sont frères.........
L'injuste a tué le juste; il a égorgé son frère, jaloux de voir son offrande accueillie du ciel.

Abel. — P. 110. Et pourquoi le tua-t-il? parce que ses actions étoient méchantes et que celles de son frère étoient justes.

Le Tombeau d'Abel. — P. 113. La première mort, les premiers humains, le premier deuil.

Le Rédempteur. — P. 118. Jésus-Christ est mort pour tous, afin que ceux qui vivent ne vivent plus pour eux-mêmes, mais pour celui qui est mort et qui est ressuscité pour eux.

La Science de l'Homme. — P. 121. Malheur à ceux qui sont sages à leurs propres yeux, et qui sont prudents selon leur propre jugement.

L'Avenir.—P. 124. Qu'est-ce qui a été? ce qui doit être. Qu'est-ce qui est fait? c'est ce qui se doit faire encore. On ne se souvient point de ce qui a précédé, et il en sera de même de ce qui doit arriver. Ceux qui viendront après nous ne s'en souviendront point.

Judith.—P. 127. Dieu a accompli par sa servante la miséricorde qu'il avait promise à la maison d'Israël, et il a tué, cette nuit, par ma main, l'ennemi de son peuple.

La Fille de Jephté. — P. 129. Mon père, si vous avez fait vœu au Seigneur, faites de moi tout ce que vous avez promis, après la grâce que Dieu vous a faite de prendre vengeance de vos ennemis, et de remporter une si grande victoire.

L'Eucharistie. — P. 132. Ce pain est unique; étant plusieurs, nous ne sommes qu'un seul corps : car nous participons tous à ce même pain.

La Piété. — P. 135. C'est pourquoi, commençant déjà à posséder ce royaume qui n'est sujet à aucun changement, conservons la Grâce, afin que, par elle, nous soyons agréables à Dieu, le servant avec une crainte respectueuse.

Le Cercueil du Juste.—P. 137. La mémoire du juste sera accompagnée de louanges, mais le nom des méchants pourrira comme eux.

L'Espérance. — P. 140. S'ils ont souffert des tourments devant les hommes, leur espérance est pleine de l'immortalité.

La Mort. —P. 141. Il faut que ce corps corruptible soit revêtu de l'incorruptibilité, et que ce corps mortel soit revêtu de l'immortalité.

Le Jugement dernier.—P. 143. Les hommes fuiront au fond des cavernes des rochers et dans les antres les plus creux de la terre, pour se mettre à couvert de la terreur du Seigneur et de la gloire de sa majesté, lorsqu'il se lèvera pour frapper la terre.

ERRATA.

Page 65, ligne 13. Si l'esprit du Seigneur te conduit *aux saints lieux*, lisez : te conduit *au saint lieu*.

Page 103, ligne 4. Et son troupeau *paissait* tout près du Paradis, lisez : et son troupeau *passait* été.